सात चिरंजीवी

सात चिरंजीवी

रमेश सोनी

प्रभात प्रकाशन

प्रकाशक
प्रभात प्रकाशन प्रा. लि.
4/19 आसफ अली रोड, नई दिल्ली–110002
फोन : 011–23289777 • हेल्पलाइन नं. : 7827007777
इ–मेल : prabhatbooks@gmail.com ❖ वेब ठिकाना : www.prabhatbooks.com

संस्करण
2024

पेपरबैक मूल्य
तीन सौ रुपए

मुद्रक
आर–टेक ऑफसेट प्रिंटर्स, दिल्ली

★

SAAT CHIRANJEEVI
stories by Shri Ramesh Soni

Published by **PRABHAT PRAKASHAN PVT. LTD.**
4/19 Asaf Ali Road, New Delhi-110002

ISBN 978-93-5322-402-8

₹ 300.00 (PB)

प्रस्तावना

एक सहज और स्वाभाविक प्रश्न है, क्या मनुष्य अमर हो सकता है? इसका जवाब इतना आसान नहीं है, क्योंकि आज भी मनुष्य उन सीमाओं के पार नहीं पहुँच सका है, जो उसे अमर बना दें। हाँ, कभी-कभी कुछ विशेष व्यक्तियों के लिए प्रकृति ने अपने नियम जरूर बदले हैं। ऐसे ही विशेष महामानव हैं—सात चिरंजीवी। ये सात चिरंजीवी इसलिए कहलाए, क्योंकि सातों जीवन-मृत्यु के चक्र से ऊपर उठकर अमर हो गए। इन सात चिरंजीवियों में परशुराम, बलि, विभीषण, हनुमान, महर्षि वेदव्यास, कृपाचार्य और अश्वत्थामा हैं।

इन चिरंजीवियों में से कुछ के बारे में गलत धारणाएँ भी प्रचलित हैं, जैसे परशुराम का नाम सुनते ही हमारी आँखों के सामने एक ऐसे ऋषि की तसवीर उभरती है, जो बेहद क्रोधी स्वभाव के हैं। लेकिन उन्होंने अत्याचारी और अन्यायी राजाओं के खिलाफ ही शस्त्र उठाए। एक आदर्शवादी और न्यायप्रिय राजा के रूप में राम से मिलने के पश्चात् वे महेंद्र गिरि पर्वत पर तपस्या करने चले गए। परशुराम भगवान् विष्णु के अंशावतार माने जाते हैं। आज्ञाकारी पुत्र के रूप में वे अद्‍भुत हैं।

इसी प्रकार राजा बलि दैत्यराज होने के बावजूद अपनी

दानवीरता के लिए प्रसिद्ध हैं। विरोचन और सुरुचि के पुत्र बलि की तीन पत्नियाँ अशना, विंध्याचली और सुदेष्णा थीं। नर्मदा के उत्तरी तट पर मृगकृच्छ नामक स्थान पर अश्वमेध यज्ञ करने वाले बलि ने अपने बाहुबल से तीनों लोक जीत लिए थे। इतना होने पर भी ऐसे दानवीर कि अपने वचन की रक्षा के लिए उन्होंने गुरु शुक्राचार्य के विरुद्ध जाकर वामन को तीन पग भूमि दान कर दी।

विद्वान् विभीषण को 'घर का भेदी लंका ढाए' जैसे मुहावरे के रूप में याद किया जाता है, पर विभीषण ने 'परिवार से बड़ा राष्ट्र होता है' इस आदर्श को सामने रखा। उन्होंने लंका के हित में रावण को बहुत समझाया कि वह माता सीता को राम को लौटा दे। रावण ने उनकी एक नहीं सुनी और अपमानित कर लंका से निकाल दिया, पर विभीषण ने राष्ट्रहित को ध्यान में रखकर रावण का विरोध किया तथा भाई के द्रोही होने के कलंक को माथे पर ले मातृभूमि के हित में कार्य करते हुए सत्य का साथ दिया।

महर्षि पराशर और धीवर कन्या सत्यवती के पुत्र एक ओर अपना रंग काला होने के कारण कृष्ण कहलाए, तो दूसरी ओर यमुना नदी के बीच एक द्वीप पर जन्म होने के कारण उन्हें द्वैपायन भी कहा जाता है। यही द्वैपायन अपने अथाह ज्ञान के साथ-साथ अठारह पुराण, महाभारत तथा वेदांत सूत्र की रचना के कारण महर्षि वेदव्यास के रूप में सम्मानित हुए। महाभारत को 'पंचम वेद' भी कहा जाता है। माता सत्यवती के कहने पर

इन्होंने विचित्रवीर्य के निधन के पश्चात् उनकी पत्नी अंबिका, अंबालिका और दासी से नियोग द्वारा तीन पुत्रों की उत्पत्ति की, जिन्हें धृतराष्ट्र, पांडु और विदुर के रूप में जाना जाता है।

कुरुवंश के कुलगुरु के रूप में विख्यात कृपाचार्य ऋषि होने के साथ-साथ अद्वितीय योद्धा भी थे। इन्होंने कौरवों-पांडवों को अस्त्र-शस्त्र विद्या सिखाई। इनकी बहन कृपी का विवाह गुरु द्रोणाचार्य से हुआ। महाभारत का युद्ध इन्होंने कौरवों की ओर से लड़ा था। कृपाचार्य परिस्थिति के अनुसार अपने को ढालने के लिए जाने जाते हैं। इसलिए ये कौरवों की ओर से लड़ने के बावजूद उनकी पराजय के पश्चात् पांडवों के कुलगुरु के पद पर आसीन हुए।

गुरु द्रोणाचार्य और गौतमी के पुत्र अश्वत्थामा प्रचंड योद्धा होने के साथ-साथ अपने अहंकार के लिए भी जाने जाते हैं। इन्होंने महाभारत का युद्ध कौरवों की ओर से लड़ा। यह घटना युद्ध के अंतिम दिनों की है। अश्वत्थामा ने रात के अंधकार में युद्ध के नियमों को तोड़ते हुए पांडव शिविर में जाकर धोखे से पांडवों के पाँच पुत्रों की हत्या कर दी। अश्वत्थामा के इस अपराध के लिए कृष्ण ने उनके मस्तक से मणि निकालकर रिसते हुए घाव के साथ भटकते हुए अमर होने का श्राप दिया।

रुद्र के ग्यारहवें अवतार हनुमान का जन्म ही भगवान् राम की सेवा के लिए हुआ था। सेवक व सेवा का जैसा आदर्श

हनुमान ने प्रस्तुत किया है, वह दुर्लभ है। तभी तो भगवान् राम ने उनसे कहा था–'तुम मम प्रिय भरत सम भाई।' यह उनके एकनिष्ठ समर्पण का ही फल है कि एक सेवक, जो सबका संकटमोचक है, अपने स्वामी के साथ संसार भर में पूजा जाता है।

–रमेश सोनी

अनुक्रम

प्रस्तावना — *5*

1. श्रीहनुमान — 11
2. महर्षि वेद व्यास — 37
3. कृपाचार्य — 52
4. परशुराम — 64
5. विभीषण — 94
6. राजा बलि — 109
7. अश्वत्थामा — 127

1

श्रीहनुमान

हनुमान की जन्म-कथा

वानरराज महामनस्वी कुंजर की पुत्री अपनी इच्छानुसार रूप धारण करने वाली थी। वह अपने सौंदर्य के लिए तीनों लोकों में विख्यात थी। उस अनुपम सुंदरी का नाम अंजना था।

एक दिन अंजना मानवी स्त्री का रूप धारण कर पर्वत के एक शिखर पर विचरण कर रही थी। उसके अंग-प्रत्यंग से यौवन उमड़ रहा था। उसकी अंग-कांति पर वायु देवता मोहित हो गए। उन्होंने उस सुंदरी को अपनी दोनों भुजाओं में भरकर हृदय से लगा लिया। वह ऐसी अवस्था में भय से त्रस्त हो गई, घबराकर बोली, “कौन है, जो मेरी पवित्रता को नष्ट करना चाहता है?”

अंजना की बात सुनकर पवनदेव ने उत्तर दिया, “हे सुंदरी! मैं पवनदेव हूँ। मैं तुम्हारी पवित्रता का नाश नहीं

कर रहा हूँ। इसलिए तुम्हारे मन से यह भय दूर हो जाना चाहिए।

"सुंदरी! मैंने तुम्हारा आलिंगन किया है, मानसिक संकल्प के द्वारा तुम्हारे साथ समागम किया है। इससे तुम्हें बल-पराक्रम से संपन्न एवं परम बुद्धिमान पुत्र प्राप्त होगा। वह महान्, धैर्यवान, महातेजस्वी, महाबली, महापराक्रमी तथा लाँघने और छलाँग मारने में सक्षम होगा।"

पवन देवता के इन वचनों को सुनकर अंजना संतुष्ट हो गई। कुछ समय के बाद उन्होंने हनुमानजी को एक गुफा में जन्म दिया।

हनुमान की बाल-लीला

अंजना फल लाने के लिए अपने आश्रम से बाहर निकली और गहन वन में पहुँच गई। उस समय बाल हनुमान भूख से व्याकुल होकर रोने लगे।

अचानक हनुमान को लाल रंग वाले सूर्यदेव उदित होते हुए दिखाई दिए। हनुमानजी ने उसे कोई फल समझा और सूर्य की ओर लपके। बालक हनुमान सूर्य को पकड़ने की इच्छा से आकाश में उड़ने लगे। उस समय उन्हें आकाश में उड़ते देखकर देवताओं, दानवों तथा दैत्यों को बड़ा आश्चर्य हुआ। वे सोच रहे थे कि अगर बाल्यावस्था में इस बालक का ऐसा वेग और पराक्रम है तो यौवन का बल पाकर इसका वेग-पराक्रम कैसा होगा?

अपने पुत्र को सूर्य की ओर जाते देख उसे सूर्य के प्रचंड ताप से बचाने के लिए उस समय पवन देवता भी बालू के ढेर की भाँति शीतल होकर उसके पीछे-पीछे चलने लगे।

इस तरह बालक हनुमान अपने पिता के बल से कई सहस्र योजन आकाश को लाँघते चले गए और सूर्यदेव के समीप पहुँच गए। सूर्यदेव ने यह सोचा कि अभी यह बालक है, उसे भले-बुरे का ज्ञान नहीं है और इसके द्वारा देवताओं के भी बहुत से कार्यों का संपादन होगा, इसलिए उन्होंने उसे जलाया नहीं।

जिस दिन हनुमानजी सूर्य को पकड़ने के लिए उछले थे, उसी दिन राहु सूर्यदेव पर ग्रहण लगाना चाहता था, क्योंकि उस दिन अमावस्या थी। हनुमानजी ने सूर्य के रथ के ऊपरी भाग में जब राहु का स्पर्श किया, तब सूर्य और चंद्रमा का गर्व से मर्दन करने वाला राहु भयभीत हो वहाँ से भाग खड़ा हुआ। उसने इंद्र से कहा, "आपने चंद्रमा और सूर्य को मुझे अपनी भूख दूर करने के साधन के रूप में दिया था, किंतु अब आपने उन्हें दूसरे के हवाले कर दिया। ऐसा क्यों हुआ? आज पूर्ण अमावस्या के समय मैं सूर्य को ग्रसने की इच्छा से गया था। इतने में ही दूसरे राहु ने आकर सूर्य को पकड़ लिया।"

राहु की बात सुनकर इंद्र घबरा गए और अपना सिंहासन छोड़कर उठ खड़े हुए।

उसके बाद राहु इंद्र को उस स्थान पर ले गए, जहाँ हनुमानजी के साथ सूर्यदेव विराजमान थे।

इधर राहु इंद्र को छोड़कर बड़े वेग से आगे बढ़ा। उसी समय हनुमानजी ने उसे देख लिया। वह राहु को कोई फल समझकर उसकी ओर उछले। राहु भयभीत होकर इंद्र को पुकारने लगा। इंद्रदेव ने राहु को आश्वासन देते हुए कहा, "डरो मत, मैं इस आक्रमणकारी को मार डालूँगा।"

उसके बाद ऐरावत को देखकर हनुमानजी ने उसे भी एक विशाल फल समझा और गजराज को पकड़ने के लिए उसकी ओर दौड़ पड़े।

उस समय उनका रूप भयंकर था। उनके इस भयंकर रूप को देखकर इंद्रदेव ने क्रोध में आकर उनके ऊपर वज्र-प्रहार कर दिया। इंद्र-वज्र की चोट खाकर वे एक पहाड़ पर गिरे। वहाँ गिरते समय उनकी बाई ठुड्डी टूट गई। इसी से उनका नाम 'हनुमान' पड़ा।

वायु देवता का प्रकोप

हनुमान को गिरते देखकर वायुदेव इंद्र पर क्रोधित हो उठे। उन्होंने अपनी गति को समेट लिया। वायु देवता अपने पुत्र को लेकर एक गुफा में घुस गए। वायु के प्रकोप से सभी प्राणियों की श्वास बंद हो गई। उनके सभी अंगों के जोड़ टूटने लगे। उन्हें ऐसा महसूस हो रहा था, जैसे वे नरक

में गिर गए हों। सभी लोग परेशान होकर ब्रह्माजी की शरण में पहुँचे और बोले, "वायुदेव ने अचानक अपनी गति रोक दी है, इसीलिए हम लोग आपकी शरण में आए हैं। आप हमारे इस वायुजनित दु:ख को दूर कीजिए।"

उनकी बात सुनकर ब्रह्माजी बोले, "इसका भी एक कारण है।"

"कैसा कारण?"

"वायुदेव ने क्रोध में आकर अपनी गति रोक दी है, देवराज इंद्र ने राहु की बात मानकर पवन देवता के पुत्र को मार गिराया है।"

"अब क्या होगा, भगवन्?"

"चिंता मत करो, अदिति-पुत्रो! हमें उस स्थान पर चलना चाहिए, जहाँ वायुदेव छिपे बैठे हैं। कहीं ऐसा न हो कि उन्हें प्रसन्न किए बिना हमारा विनाश हो जाए।"

उसके बाद ब्रह्माजी सभी देवताओं सहित उस स्थान पर पहुँचे, जहाँ वायुदेव अपने पुत्र के साथ रूठकर बैठे थे। उनकी पुत्र की दशा को देखकर ब्रह्माजी को दया आ गई।

हनुमानजी को ब्रह्मा द्वारा वर देना

पुत्र के मारे जाने पर वायुदेव उनके चरणों पर गिर पड़े। ब्रह्माजी ने उनके मृत पुत्र पर हाथ फिराया। शिशु हनुमान

पुनः जीवित हो उठे। यह देखते ही वायुदेव प्रसन्न हो गए और उन्होंने अपना संचार पूर्ववत् आरंभ कर दिया।

यह देखकर पूरी प्रजा खुश हो गई। इसके बाद ब्रह्माजी सभी देवताओं से बोले, "आप सभी लोग चाहते हैं कि मैं आपको आपके हित की बात बताऊँगा।"

"जी भगवन्!" सभी देवता बोले।

"सुनिए! भविष्य में इस बालक के द्वारा आप लोगों के बहुत से कार्य सिद्ध होंगे, इसलिए आप लोग इस बालक को वर दें।"

ब्रह्माजी की बात सुनकर इंद्र ने शिशु हनुमान के गले में खुशी के साथ कमलों की माला पहना दी और स्नेहपूर्वक बोले, "मेरे हाथ से छूटे वज्र के कारण इस बालक की हनु (ठुड्डी) टूटी है, इसलिए इस श्रेष्ठ बालक का नाम हनुमान होगा।"

सभी देवता प्रसन्न हो उठे और सभी देवताओं ने हनुमान को अद्वितीय शक्ति एवं शस्त्रों का वरदान दिया।

हनुमानजी के जन्म की अन्य कथा

शिव महापुराण में हनुमानजी को शिव का पुत्र कहा गया है। उनकी यह कथा इस प्रकार है–

एक बार विष्णु भगवान् का मोहिनी रूप देखकर शिव कामासक्त हो गए। उनके वीर्य का स्खलन हो गया। ऋषियों

ने उस वीर्य को पत्ते में रख लिया तथा गौतमीसुता अंजनी के कर्ण में उस वीर्य का आधान किया। समय पर अंजना के गर्भ से शंकरजी के वीर्य से एक बालक उत्पन्न हुआ। उसका नाम हनुमान रखा गया।

माता की आज्ञा से हनुमानजी सूर्यदेव के पास शास्त्राध्यन करने के लिए गए। सूर्यदेव की कृपा से वे समस्त शास्त्रों और वेद-वेदांतों के ज्ञाता हो गए। उसके बाद सूर्यदेव की आज्ञा से वे सूर्य के अंश से उत्पन्न सुग्रीव के पास पहुँचे।

उस समय सुग्रीव अपने बड़े भाई बालि से त्रस्त था। बालि ने सुग्रीव की पत्नी का हरण कर लिया था और सुग्रीव को अपने राज्य से निष्कासित कर दिया था। इस कारण सुग्रीव ऋष्यमूक पर्वत पर रहने लगे, क्योंकि वह बालि के लिए शापित स्थान था। हनुमानजी भी सुग्रीव के साथ वहीं रहने लगे।

हनुमानजी द्वारा ऋषियों के आश्रम में उपद्रव

अनेक देवताओं से वर पाकर हनुमानजी शक्तिशाली हो चुके थे। वे उन दिनों परम उत्साह और वेग से भरे हुए थे। वे ऋषियों के आश्रम में पहुँचकर अनेक उपद्रव करते।

उनकी शक्ति से विवश होकर ऋषि-मुनि चुपचाप उनका उपद्रव सहन करते रहते। एक दिन परेशान होकर महर्षि ने उन्हें श्राप दिया, "वानरवीर! तुम जिस बल का आश्रय लेकर

हमें सता रहे हो, उसे तुम दीर्घकाल तक भूल जाओगे। तुम्हें अपने बल का पता ही नहीं चलेगा, जब कोई तुम्हें याद दिलाएगा, तभी तुम्हारा बल बढ़ेगा।"

इस तरह महर्षियों का श्राप पाकर हनुमानजी का तेज क्षीण होता चला गया।

सूर्यदेव की आज्ञा से वे सुग्रीव की सेवा में उपस्थित हो गए। उस समय सुग्रीव भीषण संकट में थे।

एक दिन ऋष्यमूक पर्वत के समीप वानरराज सुग्रीव सरोवर के निकट घूम रहे थे। उसी समय उन्होंने राम और लक्ष्मण को आते देखा। दोनों भाइयों को देखकर वे चिंतित हो उठे। भयभीत होने लगे। उन्होंने भय से ग्रस्त होकर अपने मंत्रियों से कहा, "निश्चय ही वे दोनों वीर बालि के भेजे हुए लगते हैं। इन्होंने छल से पीले वस्त्र धारण कर लिए हैं, जिससे हम पहचान न सकें।"

सुग्रीव की बात सुनकर सभी चिंतित हो उठे। हनुमानजी ने ढाढ़स देते हुए कहा, "महाराज! आप बालि की चिंता छोड़कर दूसरी चेष्टाओं के द्वारा अपने मनोभाव को समझें और उन्हीं के अनुसार कार्य करें, क्योंकि जो राजा बुद्धि-बल का आश्रय नहीं लेता है, वह प्रजा पर कभी शासन नहीं कर सकता।"

हनुमानजी की बात सुनकर सुग्रीव को तसल्ली मिली। वह बोले, "वीर हनुमान! इन दोनों वीरों की भुजाएँ लंबी और नेत्र बड़े-बड़े हैं।"

"इससे क्या फर्क पड़ता है, राजन्।" हनुमानजी ने आश्चर्य से कहा।

"मेरे संदेह में तो वे बालि के भेजे हुए लग रहे हैं, क्योंकि राजाओं के बहुत से मित्र होते हैं। इन पर विश्वास नहीं करना चाहिए और इन्हें पहचानने की चेष्टा करनी चाहिए।"

सुग्रीव की बात सुनकर हनुमानजी सोच में पड़ गए और बोले, "मेरे लिए क्या आज्ञा है, महाराज!"

"तुम एक साधारण पुरुष की भाँति यहाँ से गुप्तचर के वेश में जाओ और दोनों पुरुषों का परिचय प्राप्त करो।"

सुग्रीव की बात का आदर करते हुए हनुमानजी श्रीराम और लक्ष्मण के पास पहुँचे।

सुग्रीव के आदेशानुसार हनुमानजी ब्राह्मण का रूप धारण करके श्रीराम के पास पहुँचे। हनुमानजी ने उन दोनों को सादर प्रणाम किया और फिर विनीत भाव से बोले, "वीरो! आप दोनों सत्यपराक्रमी, राजर्षियों तथा देवताओं के समान लग रहे हैं। आप दोनों इस वन्य प्रदेश में किस निमित्त आए हैं?"

"पहले आप हमें अपना परिचय दीजिए कि आप कौन हैं?" लक्ष्मण ने कहा।

"यहाँ सुग्रीव नामक एक श्रेष्ठ वानर रहते हैं। वे बड़े धर्मात्मा और वीर हैं। उनके बड़े भाई बालि ने उन्हें घर से

निकाल दिया है, इसलिए वे अत्यंत दु:खी होकर मारे-मारे फिरते हैं। मेरा नाम हनुमान है। मैं भी वानर जाति का हूँ और धर्मात्मा सुग्रीव का मंत्री हूँ। मैं वायुदेव का पुत्र हूँ।"

यह कहकर हनुमानजी मौन हो गए और उनके बोलने की प्रतीक्षा करने लगे।

हनुमानजी की बात सुनकर श्रीराम प्रसन्न हो गए और लक्ष्मण से बोले, "लक्ष्मण! तुम सुग्रीव के मंत्री हनुमान से मधुर वाणी में बात करो। जो चारों वेदों का ज्ञाता न हो, वह सुंदर भाषा में बात नहीं कर सकता। निश्चय ही इन्होंने समूचे व्याकरण का अध्ययन किया है।"

श्रीराम के समझाने पर लक्ष्मणजी ने हनुमानजी से मधुर वाणी में कहा, "विद्वान् महामना सुग्रीव के गुण हमें मालूम हो चुके हैं। हम दोनों भाई वानरराज सुग्रीव की ही खोज में यहाँ आए हैं। साधु शिरोमणि हनुमानजी, आपके कहने के मुताबिक हम उनसे मित्रता करना चाहते हैं।"

लक्ष्मण की बात सुनकर हनुमानजी बहुत हर्षित हुए। उन्होंने मन-ही-मन में सोचा कि सुग्रीव का कार्य अब अवश्य ही संपन्न हो जाएगा।

उसके बाद श्रीराम ने आगे बढ़कर हनुमानजी को अपने सीने से लगाया और बोले, "हनुमान! तुमसे मिलकर हमें बेहद प्रसन्नता का अनुभव हो रहा है।"

"मेरा भी यही हाल है, मित्र! परंतु आप दोनों पहले अपना परिचय दें।"

"हे विप्रवर! हम कौशल नरेश स्वर्गीय दशरथ के पुत्र हैं। हम पिताजी की आज्ञा से वन में आए थे। हमारे साथ जनकदुलारी सीता भी थी। परंतु रावण नामक एक दुष्ट राक्षस ने उनका हरण कर लिया है। उन्हें खोजने के लिए हम वन में भटक रहे हैं।" श्रीराम बोले।

"मेरे अहोभाग्य प्रभु, जो आपके दर्शन हुए।" हनुमानजी ने हाथ जोड़कर कहा।

"हनुमान! तुम अपने राजा के श्रेष्ठ दूत हो। हम स्वयं वानरराज से भेंट करना चाहते हैं। अगर वे हमारे सहायक बनेंगे तो हम भी उन्हें भयमुक्त कर किष्किंधा का राज्य दिलाने में सहायता करेंगे।"

"अवश्य प्रभु, अवश्य! लेकिन वहाँ तक पहुँचने का पद-मार्ग बहुत कठिन है।"

"तो क्या वहाँ जाने का कोई सरल मार्ग नहीं है, हनुमान?"

"चिंता मत कीजिए, प्रभु! आप इस सेवक के कंधों पर बैठ जाइए।" इतना कहकर हनुमान ने झुककर उन्हें कंधों पर बैठा लिया और उन्हें लेकर वायुमार्ग से चल दिए।

ऋष्यमूक पर्वत पर पहुँचकर हनुमानजी ने उन्हें एक

सुंदर उद्यान में बैठाया और स्वयं सुग्रीव को बुलाने के लिए मलय पर्वत की ओर चल दिए।

मलय पर्वत की एक कंदरा में अपने कुछ सचिवों के साथ सुग्रीव भयभीत बैठे हुए थे, तब हनुमानजी ने उन्हें जाकर बताया, "महाराज! भय की कोई बात नहीं। भय त्यागकर उठिए और चलकर अत्यंत पराक्रमी, अजेय श्रीरामचंद्रजी के दर्शन कीजिए।"

"यह तुम क्या कह रहे हो, हनुमान!" सुग्रीव ने आश्चर्य से कहा।

"मैं सच कह रहा हूँ, महाराज! वे अपने अनुज लक्ष्मण सहित यहाँ पधारे हैं, श्रीराम का आविर्भाव इक्ष्वाकु कुल में हुआ है।"

फिर शीघ्र ही सुग्रीव हनुमानजी के साथ उद्यान में पहुँच गए। हनुमानजी ने सुग्रीव का परिचय श्रीरामचंद्रजी से कराया और सभी बातें श्रीराम और लक्ष्मणजी के संबंध में बताईं।

यह जानकर कि श्रीराम सीता की खोज में उनकी मदद चाहते हैं, सुग्रीव हर्षविभोर हो गए। वे प्रसन्नतापूर्ण स्वर में बोले, "प्रभु! यह आपकी महानता है कि आपने मुझ वानर को इतना महत्त्व दिया। हे स्वामी! आपकी मित्रता पाकर सब ओर से मेरा लाभ ही होगा।"

सुग्रीव के मधुर व सुंदर वचन सुनकर श्रीराम ने उसे हृदय से लगा लिया।

फिर सुग्रीव ने उन्हें आपबीती सुनाई। तब श्रीराम ने उसे भयमुक्त कर देने का आश्वासन दिया।

उसके बाद श्रीहनुमानजी ने उन दोनों के मध्य अग्नि प्रज्वलित कर आहुतियाँ आदि देकर अग्नि की साक्षी में उनकी मित्रता करवा दी। मित्रता की शपथ लेकर सुग्रीव ने श्रीराम से कहा, "आज से आप मेरे मित्र हैं, आपका दुःख मेरा दुःख है। मैं सीताजी की खोज में जमीन-आकाश एक कर दूँगा।"

उसकी प्रतिज्ञा सुनकर श्रीराम गद्‌गद हो उठे और सुग्रीव से बोले, "हे महाकपि! मैं भी अग्नि को साक्षी मानकर तुमको वचन देता हूँ कि मैं तुम्हारी पत्नी का हरण करने वाले बालि का वध करूँगा।"

श्रीराम के वचन सुनकर सुग्रीव की खुशी का ठिकाना नहीं रहा। उसके बाद वानरराज सुग्रीव ने श्रीराम की पूरी व्यथा सुनी, तब जैसे कोई भूली बात याद आ गई हो, वह बोला, "प्रभु! एक दिन मैंने देखा कि भयंकर राक्षस रथ में आकाश मार्ग से किसी स्त्री को जबरदस्ती उठाकर ले जा रहा था। स्त्री विलाप करती हुई श्रीराम-लक्ष्मण पुकार रही थी। प्रभु! आपकी कथा जानकर अब मुझे पूरा यकीन हो गया है कि वे सीताजी ही थीं।

मुझे देखकर उन्होंने अपने कुछ आभूषण भी ऊपर से गिराए थे। तब हम लोगों ने वे आभूषण उठाकर रख लिए

थे। मैं अभी आपको लाकर दिखाता हूँ।" कहकर सुग्रीव स्वयं उठकर कंदरा में गए और आभूषणों की पोटली उठाकर ले आए।

उन आभूषणों को श्रीराम ने तुरंत पहचान लिया।

तब सुग्रीव बोले, "प्रभु! वह उन्हें लेकर दक्षिण की ओर गया था। मैं अपने वीर वानरों को भेजकर उनकी खोज कराऊँगा।"

"लेकिन पहले हम तुम्हें भयमुक्त करेंगे मित्र! किष्किंधापुरी चलने की तैयारी करो।"

श्रीराम की अनुमति पाते ही सुग्रीव अपने सचिवों के साथ प्रस्थान की तैयारी करने लगे।

अगले दिन श्रीराम के साथ सभी किष्किंधापुरी के सघन वन में जा पहुँचे। श्रीराम पहले ही सुग्रीव को अपनी योजना से अवगत करा चुके थे। इसलिए सुग्रीव बालि को ललकारने उसके प्रासाद की ओर चल दिया। श्रीराम आदि एक वृक्ष की ओट लेकर खड़े हो गए।

सुग्रीव बालि को उकसाकर उसी स्थान पर ले आया और दोनों में भयानक युद्ध होने लगा। बालि हर दृष्टि से सुग्रीव पर भारी पड़ रहा था। मगर सुग्रीव इस आस में उसके प्रहार सहन कर रहा था कि अभी श्रीराम बाण छोड़ेंगे और बालि का प्राणांत हो जाएगा।

अंत में बालि श्रीराम के हाथों मारा गया और सुग्रीव किष्किंधा का राजा बने।

अद्वितीय शक्ति के स्वामी

सीता की खोज के समय समुद्र लाँघने के लिए जामवंत ने हनुमान को उनकी खोई हुई शक्ति का स्मरण कराते हुए कहा, "समुद्र लाँघना कौन सी बड़ी बात है। हे वीर हनुमान! तुम वानरराज सुग्रीव के समान पराक्रमी और तेज, बल में श्रीराम और लक्ष्मण के तुल्य हो। तुम्हारा तेज, बल, बुद्धि और धैर्य सबसे बढ़कर है। हे महाबली! फिर तुम समुद्र लाँघने का यह छोटा-सा कार्य क्यों नहीं करते!"

अभी भी हनुमान बैठे रहे। जामवंत पुनः बोले, "हे हनुमान! जगत् में ऐसा कौन सा कठिन काम है, जो तुम न कर सको। हे तात! तुम्हारा तो जन्म ही श्रीरामजी के कार्य के लिए हुआ है। अपनी पवन के समान वेगवान गति, विवेक और बुद्धि को पहचानो और इस समुद्र को लाँघ जाओ।"

इस तरह जब जामवंत ने उनकी खोई हुई शक्ति को जगाया तो हनुमानजी को अपनी विस्मृत हो गई शक्तियों का स्मरण हो आया और एकाएक उछलकर खड़े हो गए। उनका शरीर देखते-ही-देखते पर्वताकार हो गया। उनका मुख एक

अद्‌भुत तेज से चमकने लगा। वास्तव में तपस्वियों के श्राप से वे मुक्त हो चुके थे। जामवंत ने उन्हें उनकी शक्ति स्मरण करा दी थी।

तब हनुमानजी ने जामवंतजी से अपना मार्गदर्शन करने की प्रार्थना की। जामवंत बोले, "हे पवनपुत्र! तुम लंका में जाकर केवल सीताजी का कुशल समाचार ले आओ। उसके बाद तो श्रीराम स्वयं अपने बाहुबल से उस दुष्ट रावण को दंडित कर सीताजी को ससम्मान ले आएँगे।"

जामवंतजी का निर्देश पाकर हनुमानजी महेंद्र पर्वत पर चढ़ गए, फिर 'जय श्रीराम' कहकर उन्होंने एक किलकारी मारी और वायुवेग से आकाश में उड़ने लगे।

हनुमानजी के छलाँग लगाते ही अंगद की आँखों में आँसू आ गए। वे बोले, "हे तात! जब तक हनुमानजी कोई अच्छी खबर लेकर नहीं लौटते, तब तक हमारी जानें सूली पर ही लटकी रहेंगी।"

"निराश मत हो, युवराज।" जामवंत ने कहा, "मुझे हनुमानजी की शक्ति पर पूरा भरोसा है और वे सीताजी की खबर लेकर ही लौटेंगे।"

सिंहिका का वध

हनुमानजी तीव्र वेग से समुद्र पार कर रहे थे, अचानक समुद्र में से एक पर्वत उभरा और वीर हनुमान का मार्ग

रोककर बोला, "हे पवनपुत्र! मैं मैनाक पर्वत हूँ, कुछ देर मुझ पर ठहरकर विश्राम कर लो, अभी तुम्हें बहुत दूर जाना है।"

"हे पर्वतराज! राम-काज किए बिना मुझे विश्राम कहाँ, फिर भी तुम्हारा धन्यवाद।" कहकर हनुमानजी आगे बढ़ गए। पर्वत फिर से समुद्र में समा गया और हनुमानजी पहले से और अधिक गतिवान हो आगे बढ़ गए।

अभी वे कुछ ही दूरी पर पहुँचे थे कि हनुमानजी के सामने एक नया संकट खड़ा हो गया। समुद्र के उस क्षेत्र में अचानक एक राक्षसी प्रकट हुई। वह देवताओं द्वारा भेजी गई नागों की माता सुरसा थी, जिसे देवताओं ने हनुमानजी की परीक्षा लेने के लिए भेजा था। वह हनुमानजी को खाने को उद्यत हुई, तब हनुमानजी ने उससे पूछा, "हे माता! मैं प्रभु के कार्य से जा रहा हूँ, जब लौट आऊँ, तब खा लेना।"

मगर सुरसा नहीं मानी। उसने मुँह खोलकर उन्हें खाना चाहा, तब हनुमानजी ने अपना शरीर छोटा कर लिया और जल्दी ही सुरसा के मुँह में जाकर फिर वापस निकल आए और कहने लगे, "हे माते! मैंने तुम्हारे मुख में जाकर तुम्हारी इच्छा पूर्ण की, अब मुझे जाने दो।"

सुरसा उनकी बुद्धिमानी देखकर बड़ी प्रसन्न हुई और बोली, "हनुमान! तुम बल-बुद्धि के भंडार और सब ओर

से श्रीराम के कार्य करने योग्य हो, तुम सफल होगे।" यह आशीर्वाद देकर सुरसा चली गई।

हनुमानजी फिर अपने मार्ग पर आगे बढ़ने लगे। कुछ दूर जाने पर फिर एक संकट उनके सामने आ खड़ा हुआ। समुद्र के उस हिस्से पर सिंहिका नामक राक्षसी का कब्जा था। वह आकाश में उड़ने वाले पक्षियों की पानी में पड़ती परछाईं को पकड़कर खा जाती थी। पवनपुत्र हनुमान को देखकर उसने उन्हें भी कोई विशालकाय पक्षी समझा और पानी में उनकी परछाईं पकड़कर खाने लगी।

आकाश में उड़ते हनुमानजी एकाएक ही चौंक पड़े। वहाँ राक्षसी सिंहिका को देखकर वे सारी बात समझ गए। फिर जैसे ही सिंहिका ने उन्हें निगलना चाहा, उन्होंने एक जोरदार लात उसके मुँह पर मारी, मगर फिर भी वह उन्हें निगल गई।

अब तो हनुमानजी के क्रोध का ठिकाना ही नहीं था। उन्होंने उस दुष्टा का पेट चीर दिया और बाहर निकल अपनी राह पर चल दिए।

हनुमान द्वारा लंका दहन

रावण ने अपने भाई विभीषण के अनुरोध पर हनुमान को मृत्युदंड देकर उनकी पूँछ में आग लगवा दी। फिर देखते-ही-देखते उनका रूप विशाल हो गया और अपनी पूँछ

को बढ़ाकर वे राक्षसों को दौड़ाने लगे। यह देखकर राक्षसों में दहशत फैल गई। देखते-ही-देखते वहाँ मौत का आतंक छा गया।

सब एक-दूसरे से कह रहे थें, "मैं पहले ही कहता था कि यह कोई साधारण वानर नहीं, बल्कि देवता है, जो वानर रूप धरकर यहाँ आया है।"

हनुमानजी ने छतों पर कूद-कूदकर पूरी लंका में आग लगा दी। चारों तरफ त्राहि-त्राहि मचने लगी। निशाचर, राक्षस, दैत्य अपनी औरतों तथा बच्चों को लेकर इधर-उधर भागने लगे।

पूरी लंका धू-धू करके जल रही थी, मगर वहाँ एक ऐसा भी घर था, जो पूरी तरह सुरक्षित था। वह घर था विभीषण का। श्रीरामभक्त विभीषण का घर सुरक्षित देखकर राक्षसों के हृदय भी श्रीराम के प्रति आकर्षित हो उठे।

इसके बाद हनुमानजी ने समुद्र में अपनी पूँछ की आग बुझाई, फिर अशोक वाटिका में सीताजी के पास आए, उनसे कोई निशानी देने की प्रार्थना की और वापस जाने की आज्ञा माँगी। तब सीताजी अपनी चूड़ामणि देकर बोलीं, "हे पुत्र हनुमान! श्रीराम से कहना कि शीघ्र ही मेरी सुध लें। यहाँ मेरा एक-एक पल एक-एक कल्प के समान व्यतीत हो रहा है।"

हनुमानजी ने उन्हें आश्वासन दिया और वापस जाने के लिए मुड़ गए।

हनुमान वापस समुद्र तट पर आ पहुँचे, जहाँ सभी वानर शोकमग्न हुए बैठे थे।

हनुमानजी को आया देखकर और उनके द्वारा यह पता चलने पर कि सीता माता का पता चल गया है, जामवंत सहित सभी खुश हो गए। नल-नील आदि के चेहरे प्रसन्नता से खिल उठे। सभी कूदते-फाँदते हुए हर्ष में किलकारियाँ भरते किष्किंधा की ओर चल दिए।

लंका पर विजय

श्रीराम के साथ सभी लोग बैठकर समुद्र पार करने की युक्ति सोच रहे थे कि तभी लक्ष्मण की दृष्टि आकाश की ओर उठी तो उन्होंने कुछ राक्षसों को उड़कर समुद्र की ओर आते हुए देखा। वे चौंककर बोले, "वह देखो भैया, राक्षस! लगता है कि हम पर आक्रमण करने आ रहे हैं।"

श्रीरामचंद्रजी और अन्य वानरों ने ऊपर की ओर देखा, तब हनुमानजी आनेवाले को देखते ही पहचान गए और श्रीराम से बोले, "प्रभु! यह तो आपके सेवक हैं।"

तब तक वायु मार्ग से आते हुए विभीषण भी अपने सचिवों सहित नीचे उतर आए थे। प्रभु श्रीराम के पास आकर वे हाथ जोड़कर बोले, "हे नाथ! मैं आपके चरण-कमलों

का दास और रावण का भाई विभीषण हूँ। प्रभु! मैंने अपने भ्राता रावण को बहुत समझाया कि वह अनीति छोड़कर सीताजी को सम्मान सहित आपको लौटाकर उनसे क्षमायाचना कर ले, कृपालु प्रभु तुम्हें क्षमा कर देंगे। परंतु वह दुर्बुद्धि नहीं माना और लात मारकर मुझे सभा से निकाल दिया। अब मैं आपकी शरण में आया हूँ।"

"मित्र! इससे पहले कि श्रीराम कुछ बोल पाते, वानरराज सुग्रीव ने कहा, "मुझे इसमें रावण की कोई चाल नजर आती है।"

"कैसी चाल?" श्रीराम ने पूछा।

"लगता है, रावण इस प्रकार अपना भेदिया हमारे दल में शामिल करना चाहता है, अतः इसे इसी समय दुत्कारकर भगा दें।"

"नहीं मित्र सुग्रीव! शरण की इच्छा से आए हुए को हम रघुकुलवंशी निराश नहीं जाने देते। आओ विभीषण, तुम्हारा स्वागत है।"

इस तरह श्रीराम ने विभीषण को अपनी शरण में लेकर उससे वार्त्तालाप किया, जिससे उन्हें रावण की शक्ति का अंदाजा हो गया। रावण की पूरी स्थिति जानने के बाद श्रीराम बोले, "मित्र विभीषण! रावण कितना भी बलशाली क्यों न हो, सीता का हरण करके उसने जो पाप किया है, उसे उसका दंड अवश्य मिलेगा।"

"आप ठीक कहते हैं, प्रभु!"

"उसे अब तीनों लोकों में कोई नहीं बचा सकता। आज से मैं दशरथ-पुत्र राम तुम्हें लंका का अधिपति घोषित करता हूँ।" इतना कहकर श्रीराम ने समुद्र के पानी से ही उनका राजतिलक कर दिया। सभी वानर श्रीराम की जयकार करने लगे। इसके बाद श्रीराम ने विभीषण से कहा, "हे लंकापति! अब आप हमें समुद्र पार करने का कोई उत्तम मार्ग बताएँ।"

"प्रभु! प्रभातकाल में आप स्वयं रत्नाकर से मार्ग देने की विनती करें, मुझे पूरा विश्वास है कि समुद्र आपको मार्ग अवश्य देगा।"

अगले दिन प्रभात वेला में श्रीराम ने सागर देवता की वंदना करते हुए कहा, "हे देव! मेरी सेना को उस पार उतरने का मार्ग दीजिए।"

इस तरह प्रार्थना कर वे कुशा का आसन बिछाकर तट पर बैठ गए, परंतु तीन दिनों तक प्रतीक्षा करने के बाद भी समुद्र ने उन्हें मार्ग नहीं दिया, तब उन्होंने क्रोधित होकर लक्ष्मण से कहा, "भाई लक्ष्मण! भय के बिना प्रीति नहीं होती, समुद्र अहंकारवश मेरे सामने उपस्थित नहीं हो रहा है। तुम मेरा धनुष-बाण लाओ, मैं एक ही बाण से इसे सुखा देता हूँ। क्षमा, शांति, सरलता और नम्रता, इनका गुणहीनों के प्रति प्रयोग नहीं करना चाहिए।"

लक्ष्मण तो समुद्र का हठ देखकर पहले से क्रोधित थे,

इसलिए उन्होंने तुरंत ही श्रीराम का धनुष और बाण लाकर उन्हें दे दिया।

अगले ही क्षण श्रीरामचंद्रजी ने क्रोधवश अपना बाण धनुष पर चढ़ाया।

यह देखकर समुद्र के सभी जीव-जंतु भयभीत हो उठे, देखते-ही-देखते समुद्र में हलचल सी मचने लगी। समुद्रराज तत्काल प्रकट हुआ और अपने दोनों हाथ जोड़कर बोला, "हे नाथ! मेरे अवगुणों को क्षमा करें, मेरी मर्यादा भी आपकी देन है। प्रभु! मैं आपके प्रताप से सूख जाऊँगा और आपकी सेना पार उतर जाएगी। मैं आपकी आज्ञा का उल्लंघन नहीं कर सकता। अब आप जैसा कहें, मैं वैसा ही करने को तैयार हूँ।"

उसके बाद समुद्र ने उपाय बताया कि आपकी सेना में नल-नील, दो भाई समुद्र पर पुल बना सकते हैं और ऐसा ही हुआ। श्रीराम की सेना ने लंका में प्रवेश किया और विभीषण के सहयोग से श्रीराम ने रावण-संहार किया। राम-रावण युद्ध में अपनी अद्भुत भूमिका निभाकर हनुमानजी सारे संसार के लिए रामभक्त हनुमान कहलाने लगे।

पवनपुत्र और अंजनीपुत्र होने के कारण वे बाल्यकाल से ही अजर-अमर हो चुके थे। वे भी सात चिरंजीवियों में से एक हैं और अपना विशिष्ट स्थान रखते हैं।

हनुमानजी ऐसे पात्र हैं, जो राम-युग में भी इस धरा पर

विद्यमान थे, कृष्ण-काल में भी उपस्थित थे। महाभारत युद्ध में कर्ण द्वारा तीर छोड़े जाने और रथ के पीछे सरकने के प्रसंग पर अर्जुन द्वारा प्रश्न करने पर कृष्ण द्वारा जानकारी दी गई थी कि रथ पर श्रीहनुमान भी विराजमान हैं, अन्यथा कर्ण के तीरों के वेग से रथ कई योजन पीछे चला जाता।

❑

2

महर्षि वेद व्यास

वेद व्यास की जन्मकथा

प्राचीन काल में सुधन्वा नाम के एक राजा थे। वे एक दिन आखेट के लिए वन में गए। उनके जाने के बाद ही उनकी पत्नी रजस्वला हो गई। उसने इस समाचार को अपने शिकार पक्षी के माध्यम से राजा के पास भिजवाया। समाचार पाकर महाराज सुधन्वा ने एक दोने में अपना वीर्य निकालकर पक्षी को दे दिया। पक्षी दोने को राजा की पत्नी के पास पहुँचाने आकाश में उड़ चला। मार्ग में उस शिकारी पक्षी को एक दूसरा शिकारी पक्षी मिल गया। दोनों पक्षियों में युद्ध होने लगा। युद्ध के दौरान वह दोना पक्षी के पंजे से छूटकर यमुना में जा गिरा। यमुना में ब्रह्मा के शाप से मछली बनी एक अप्सरा रहती थी। मछली रूपी अप्सरा दोने में से बहते वीर्य को निगल गई तथा उसके प्रभाव से वह गर्भवती हो गई। गर्भ पूर्ण होने पर एक निषाद ने

उस मछली को अपने जाल में फँसा लिया। निषाद ने जब मछली को चीरा तो उसके पेट से एक बालक तथा एक बालिका निकली। निषाद उन शिशुओं को लेकर महाराज सुधन्वा के पास गया। महाराज सुधन्वा के पुत्र न होने के कारण उन्होंने बालक को अपने पास रख लिया, जिसका नाम मत्स्यराज हुआ। बालिका निषाद के पास ही रह गई और उसका नाम मत्स्यगंधा रखा गया, क्योंकि उसके अंगों से मछली की गंध निकलती थी। उस कन्या को 'सत्यवती' के नाम से भी जाना जाता है। बड़ी होने पर वह नाव खेने का कार्य करने लगी। एक बार पराशर मुनि को उसकी नाव में बैठकर यमुना पार करनी पड़ी। पाराशर मुनि सत्यवती के रूप-सौंदर्य पर आसक्त हो गए और बोले, "देवि! मैं तुम्हारे साथ सहवास करना चाहता हूँ।" सत्यवती ने कहा, "मुनिवर! आप ब्रह्मज्ञानी हैं और मैं निषाद कन्या। हमारा मिलन संभव नहीं है।" पराशर मुनि बोले, "बालिके, तुम चिंता मत करो। प्रसूति होने पर भी तुम कुँवारी ही रहोगी।" इतना कहकर कर उन्होंने अपने योगबल से चारों ओर घने कुहरे का जाल रच दिया और सत्यवती के साथ भोग किया। तत्पश्चात् उसे आशीर्वाद देते हुए कहा, "तुम्हारे शरीर से जो मछली की गंध निकलती है, वह सुगंध में परिवर्तित हो जाएगी।"

समय पर सत्यवती के गर्भ से वेद-वेदांगों में पारंगत एक पुत्र हुआ। जन्म होते ही वह बालक बड़ा हो गया और अपनी

माता से बोला, "माता! तू जब कभी भी विपत्ति में मुझे याद करेगी, मैं उपस्थित हो जाऊँगा।" इतना कहकर वह तपस्या करने के लिए द्वैपायन चला गया। द्वैपायन द्वीप में तपस्या करने तथा उनके शरीर का रंग काला होने के कारण उन्हें 'कृष्ण द्वैपायन' कहा जाने लगा। आगे चलकर वेदों का भाष्य करने के कारण ने वेद व्यास के नाम से विख्यात हुए।

वेद-व्यास का योगदान

महर्षि व्यास त्रिकालज्ञ थे, उन्होंने दिव्य दृष्टि से देखकर यह जान लिया कि कलियुग में धर्म क्षीण हो जाएगा। धर्म क्षीण होने के कारण मनुष्य नास्तिक, कर्तव्यहीन और अल्पायु हो जाएँगे। एक विशाल वेद का सांगोपांग अध्ययन उनके सामर्थ्य से बाहर हो जाएगा। इसीलिए महर्षि व्यास ने वेद का चार भागों में विभाजन कर दिया, जिससे कि कम बुद्धि एवं कम स्मरणशक्ति रखने वाले भी वेदों का अध्ययन कर सकें। व्यासजी ने उनका नाम रखा—ऋग्वेद, यजुर्वेद, सामवेद और अथर्ववेद। वेदों का विभाजन करने के कारण ही व्यासजी वेद-व्यास के नाम से विख्यात हुए।

उन्होंने ऋग्वेद, यजुर्वेद, सामवेद और अथर्ववेद को क्रमशः अपने शिष्यों पैल, जैमिनी, वैशंपायन और सुमंतु मुनि को पढ़ाया। वेद में निहित ज्ञान के अत्यंत गूढ़ तथा शुष्क होने के कारण वेद-व्यास ने पाँचवें वेद के रूप में पुराणों की रचना की, जिनमें वेद के ज्ञान को रोचक कथाओं के

रूप में बताया गया है। पुराणों को उन्होंने अपने शिष्य रोम हर्षण को पढ़ाया। व्यासजी के शिष्यों ने अपनी बुद्धि के अनुसार उन वेदों की अनेक शाखाएँ तथा उप-शाखाएँ बना दीं और व्यासजी ने महाभारत की रचना की।

श्री वेद-व्यासजी अभी भी बदरिकाश्रम में उपस्थित हैं और अपने अनेक शिष्यों को अभी भी वे पाठ पढ़ा रहे हैं।

पौराणिक महाकाव्य युग की महान् विभूति महाभारत, अठारह पुराण, श्रीमद्भागवत, ब्रह्मसूत्र, मीमांसा जैसे अद्वितीय साहित्य दर्शन के प्रणेता वेद-व्यास का जन्म आषाढ़ पूर्णिमा को लगभग 3000 ई. पूर्व हुआ था। वेदांत दर्शन, अद्वैतवाद के संस्थापक वेद-व्यास ऋषि पराशर के पुत्र थे। पत्नी आरुणी से उत्पन्न उनके पुत्र महान् बालयोगी शुकदेव हुए। श्रीमद्भगवद्गीता विश्व के सबसे बड़े महाकाव्य 'महाभारत' का ही अंश है। रामनगर के किले में और व्यास नगर में वेद-व्यास के मंदिर हैं, जहाँ माघ में प्रत्येक सोमवार को मेला लगता है। गुरु-पूर्णिमा का प्रसिद्ध पर्व व्यासजी की जयंती के उपलक्ष्य में मनाया जाता है।

पुराणों तथा महाभारत के रचयिता महर्षि का मंदिर व्यासपुरी में विद्यमान है, जो काशी से पाँच मील की दूरी पर स्थित है। महाराज काशी नरेश के रामनगर दुर्ग में भी पश्चिमी भाग में व्यासेश्वर की मूर्ति विराजमान है, जिसे

साधारण जनता छोटा वेद-व्यास के नाम से जानती है। वास्तव में वेद-व्यास की यह सबसे प्राचीन मूर्ति है। व्यासजी द्वारा काशी को श्राप देने के कारण विश्वेश्वर ने व्यासजी को काशी से निष्कासित कर दिया था। तब व्यासजी लोलार्क मंदिर के आग्नेय कोण में गंगाजी के पूर्वी तट पर स्थित हुए।

व्यासजी ने पुराणों तथा महाभारत की रचना करने के पश्चात् ब्रह्मसूत्रों की रचना भी यहाँ की थी। बाल्मीकि की ही तरह व्यास भी संस्कृत कवियों के लिए उपजीव्य हैं। महाभारत के उपाख्यानों का अनुसरण कर अनेक संस्कृत कवियों ने काव्य, नाटक आदि की सृष्टि की है। महाभारत के संबंध में स्वयं व्यासजी की ही उक्ति अधिक सटीक है–"इस ग्रंथ में जो कुछ है, वह अन्य में भी है, परंतु जो इसमें नहीं है, वह अन्य कहीं भी नहीं है।"

यमुना के किसी द्वीप में इनका जन्म हुआ था। व्यासजी कृष्णद्वैपायन कहलाए, क्योंकि उनका रंग श्याम था। वे धृतराष्ट्र, पांडु और विदुर के जन्मदाता ही नहीं, अपितु विपत्ति के समय छाया की तरह पांडवों का साथ भी देते हैं। उन्होंने तीन वर्षों के अथक परिश्रम से महाभारत ग्रंथ की रचना की थी।

जब इन्होंने धर्म का ह्रास होते देखा तो वेद का व्यास अर्थात् विभाजन कर दिया और वेद-व्यास कहलाए। वेदों का

विभाजन कर उन्होंने अपने शिष्य सुमंतु, जैमिनी, पैल और वैशंपायन तथा पुत्र शुकदेव को उनका अध्ययन कराया और महाभारत का उपदेश दिया। इस अलौकिक प्रतिभा के कारण इनको भगवान् का अवतार माना जाता है।"

वेद-व्यास और महर्षि नारद संवाद

एक समय महर्षि नारद वेद-व्यास के पास आकर बैठे, उन्होंने वेद-व्यास से पूछा, "हे महाभाग व्यासजी! आपने धर्म आदि से परिपूर्ण "महाभारत' की रचना की है। उससे आपको संतुष्ट होना चाहिए। परंतु आपके चेहरे पर विषाद की छाया क्यों है?"

व्यासजी ने कहा, "हे देवर्षि! आपका ज्ञान अगाध है। आप साक्षात् ब्रह्माजी के मानस-पुत्र हैं। आप सूर्य की भाँति तीनों लोकों में भ्रमण करने वाले हैं। आपने तो पुराण की उपासना की है। आप योगबल से सबके अंतःकरण की बात जानते हैं। आप ही बताएँ कि मेरे दुःख का कारण क्या है?"

श्री नारदजी ने कहा, "व्यासजी! आपने अभी तक अपने किसी ग्रंथ में भगवान् के निर्मल यश का गान नहीं किया है। यही आपके विषाद का कारण है। जिस ज्ञान से भगवान् संतुष्ट नहीं होते, वह ज्ञान, वह शास्त्र अधूरा है। जब तक श्री हरि के अवतार भगवान् श्रीकृष्ण के

यश का गान नहीं किया जाता, तब तक वह रचना कौओं को फेंकी गई जूठन के समान है। व्यासजी! दूषित शब्दों और असुंदर भावों से रची गई रचना में यदि भगवान् की भक्ति शून्य है तो वह व्यर्थ है, यदि भगवान् श्रीकृष्ण के प्रति प्रेम दरशाया गया है, तो वह रचना उत्तम मानी जाती है और उससे रचनाकार के सभी पाप नष्ट हो जाते हैं। सत्पुरुष ऐसी ही वाणी का श्रवण, गान और कीर्तन किया करते हैं, जिसके द्वारा मोक्ष की प्राप्ति होती है। हे महाभाग व्यासजी! मैं जानता हूँ कि आपकी कीर्ति पवित्र है। आप सत्य का पालन करने वाले दृढ़व्रती हैं, आपको अब भगवान् श्रीकृष्ण की लीलाओं का स्मरण करना चाहिए। संसारी लोग विषय-वासनाओं में पड़कर अपना जीवन व्यर्थ कर रहे हैं। वैराग्य से भगवान् की भक्ति सिद्ध नहीं होती। जो लोग भ्रमित होकर धर्म के स्वरूप को नहीं समझ पा रहे हैं, और भगवान् की भक्ति से दूर हो रहे हैं। आप उनके लिए ऐसा ग्रंथ लिखें, जिसे श्रवण करके वे भगवान् के प्रति प्रेम-लीला में पूरे भक्ति-भाव से लग सकें। उनके श्रीचरणों में अपने "स्व' को विसर्जित कर सकें।

"हे व्यासजी! जो लोग भगवान् श्रीकृष्ण के चरण-कमलों के सेवक हैं, वे भजन न करने वाले मनुष्यों के समान, दैववश कभी विपरीत स्थितियों में फँसने के बाद भी जीवन-मृत्यु के चक्र से मुक्ति पा जाते हैं।

इसलिए आप विश्वरूप पुरुषोत्तम भगवान् श्रीकृष्ण की लीलाओं का कीर्तन कीजिए।"

रुककर नारद मुनि ने कहा, "श्रीकृष्ण की महिमा के बारे में मैं आपको पूर्वजन्म की कथा सुनाना चाहता हूँ।"

"अवश्य! मुझे प्रसन्नता होगी।" वेद-व्यास ने कहा। तब नारद मुनि ने अपने पूर्व-जन्म की कथा सुनानी आरंभ की–

हे मुनिवर! पिछले कल्प में, अपने पूर्व-जन्म में मैं वेदपाठी ब्राह्मणों की एक दासी का पुत्र था। मेरी माँ ने मुझे उनकी सेवा में नियुक्त कर दिया था। मैं उनकी सेवा करता और उनकी आज्ञा से उनके बरतनों में लगी जूठन को खा लेता था। उसे खाने मात्र से ही मेरे सारे पाप धुल गए और मेरा हृदय शुद्ध हो गया। वे भजन-पूजन करते तो मैं ध्यानपूर्वक उसे सुनता। उन्होंने मुझे श्रीकृष्ण की मनोहारी कथाएँ सुनाईं। उन्हें सुनकर मेरी रुचि भगवान् श्रीकृष्ण में हो गई। उस रुचि के कारण मेरी बुद्धि निश्छल हो गई और मैं सत्-असत् के भेद को समझने लगा। परब्रह्म परमात्मा को मैं अपने भीतर आत्मा में माया से कल्पित देखने लगा। तभी रजो गुण और तमो गुण का नाश करने वाली भक्ति मेरे भीतर जाग्रत् हो गई। उन महात्माओं ने मुझे ज्ञान दिया कि पुरुषोत्तम भगवान् श्रीकृष्ण के प्रति अपने समस्त कर्मों को समर्पित कर देना ही संसार के तीनों पापों से छुटकारा पाना है।

हे व्यासजी! मनुष्य जीवन के सभी कर्म मनुष्य को जन्म और मृत्यु के चक्र में डालने वाले होते हैं। परंतु जब इन कर्मों को श्रीकृष्ण को अर्पण कर दिया जाता है, तब इनका दूषित प्रभाव नष्ट हो जाता है और पुण्य ही शेष रह जाता है। भगवान् के प्रति किए गए कर्मों से ही मोक्षदायिनी 'भक्ति' प्राप्त होती है। इसलिए कर्म करते हुए प्रत्येक पल श्रीकृष्ण का ही ध्यान और नाम-कीर्तन करना चाहिए।

हे विप्रवर! जब मैंने इस प्रकार उनकी आज्ञा का पालन किया, तब भगवान् श्रीकृष्ण ने मुझे आत्मज्ञान, ऐश्वर्य और अपनी भावनारूपी प्रेम-भक्ति का दान दिया। अतः व्यासजी! आपका ज्ञान पूर्ण है और आप समर्थ हैं। इसलिए आप भगवान् श्रीकृष्ण की प्रेममयी लीला का वर्णन कीजिए। बड़े-बड़े ज्ञानियों की जिज्ञासा इसी प्रेम-भक्ति से पूर्ण होती है। दुःखी के कष्टों को हरने का इसके अतिरिक्त कोई दूसरा उपाय नहीं है।"

रुककर नारद मुनि ने कुछ सोचना शुरू किया।

तभी श्री व्यासजी ने देवर्षि नारद से पूछा, "हे देवर्षि! जब आपको ज्ञान का उपदेश देकर वे महात्मा लोग चले गए, तब आपने क्या किया? तब तो आप उम्र में बहुत छोटे थे। आपकी शेष आयु किस प्रकार व्यतीत हुई?"

श्री नारदजी ने कहा, "हे व्यासजी! उनके जाने के बाद मैं अपनी माँ की सेवा में लग गया, क्योंकि मैं अपनी माँ

का इकलौता पुत्र था और उसे भी मेरे अतिरिक्त कोई दूसरा सहारा नहीं था। मैं अपनी माँ के स्नेह-बंधन में बँधकर उस ब्राह्मण बस्ती में ही रहा। उस समय मेरी आयु पाँच वर्ष की थी। मुझे दिशा, देश और काल के संबंध में कुछ भी ज्ञान नहीं था।

"एक दिन संध्या के समय मेरी माँ गाय का दूध दोहने के लिए घर से निकली तो एक साँप ने उसे डस लिया और काल के क्रूर पंजे से वह नहीं बच सकी। मैं अनाथ हो गया। एक दिन मैं उत्तर दिशा की ओर चल दिया। उस समय मुझे कुछ भी पता नहीं था कि मुझे कहाँ जाना है।

"उस ओर मार्ग में मुझे अनेक धन-धान्य से संपन्न देश, नगर, गाँव और उपवन मिले। सुंदर जल से भरे जलाशय और भयानक वन मिले। मैं अकेला था। एक घोर जंगल देखकर मैं रुक गया। उसमें भयानक हिंसक पशु घूमते दिखाई पड़ रहे थे। चलते-चलते मेरा शरीर थककर चूर हो गया था। तभी मुझे बड़े जोरों की प्यास लगी और भूख भी सताने लगी। मैंने एक नदी में स्नान किया और उसका शीतल जल पिया। मेरी थकान मिट गई।

"मैं एक पीपल के वृक्ष के नीचे बैठ गया और जैसा महात्माओं से सुना था, वैसा ही भगवान् का स्मरण करने लगा तो मेरा रोम-रोम पुलकित हो उठा। तभी भगवान् ने

मुझे साक्षात् दर्शन दिए। उनका दर्शन पाकर मेरा तन-मन शांत और शीतल हो गया। तभी भगवान् अंतर्धान हो गए। भगवान् का यह रूप समस्त शोकों को हरने वाला और अत्यधिक लुभावना था।

"भगवान् के अंतर्धान होते ही मेरे हृदय की चाहना बहुत अधिक बढ़ गई और मेरा मन बार-बार उनके दर्शनों के लिए तड़पने लगा। मुझे व्याकुल देखकर वहाँ आकाशवाणी हुई, "वत्स! अब इस जन्म में तुम मेरे दर्शन पुनः नहीं कर पाओगे। जिनकी वासनाएँ पूरी तरह से शांत न हो गई हों, उनके लिए मेरा दर्शन अत्यंत दुर्लभ है। तुम्हारे हृदय में मुझे प्राप्त करने की लालसा जाग्रत् हो, इसलिए मैंने तुम्हें अपने रूप की एक झलक दिखाई है। अल्पकालिक संत-सेवा से तुम्हारी चित्तवृत्ति मुझमें स्थित हो गई है। मुझे प्राप्त करने का तुम्हारा संकल्प अब कभी नहीं टूटेगा। सृष्टि के प्रलय हो जाने पर भी मेरी स्मृति तुम्हारे हृदय में बनी रहेगी।' ऐसा कहकर वह वाणी शांत हो गई।

"हे व्यासजी! तभी से मैं निरंतर भगवान् के रहस्यमय, मंगलमय मधुर नामों और लीलाओं का संकीर्तन करते हुए भटक रहा हूँ। उनकी खोज में न जाने मैंने कितने जन्म लिये, मुझे इसका स्मरण नहीं है।

"केवल वह रूप-माधुरी हर जन्म में मुझे स्मरण रहती

है। मेरा मन और हृदय भगवान् की कृपा से शुद्ध हो गया है। मेरा पंच-भौतिक शरीर कभी का नष्ट हो चुका है।

"एक सहस्र चतुर्युग बीत जाने पर जब ब्रह्माजी जागे और कल्प के अंत में उन्होंने पुनः सृष्टि की रचना करने की इच्छा की, तब उनकी मानसिक शक्ति से मेरा पुनः जन्म हुआ। मेरा यह शरीर पंचभूतों से आच्छादित दिखाई देने पर भी उससे परे है। अब मैं भगवान् की कृपा से इच्छा करने मात्र से ही तीनों लोकों में विचरण कर सकता हूँ। मेरे जीवन का व्रत भगवान् का भजन करना है—जो निरंतर चलता रहता है। उन्हीं की कृपा से विभूषित इस वीणा के तारों को छेड़कर मैं 'नारायण-नारायण' का जाप करते हुए सभी लोकों में विचरता रहता हूँ। श्रीहरि के चरण-कमल ही समस्त तीर्थों के उद्‍गम-स्थल हैं। उनका यशोगान करना मुझे अत्यंत प्रिय है। अब वे हर पल, हर क्षण मेरे हृदय में वास करते हैं। भगवान् की लीलाओं का संकीर्तन संसार-सागर से पार उतरने का एकमात्र अद्‍भुत जलयान है।

हे व्यासजी! काम और लोभ की चोट से आहत हुआ हृदय भी श्रीकृष्ण की एकाग्र सेवा से तत्काल शांति प्राप्त कर लेता है, यह मेरा प्रत्यक्ष अनुभव है। व्यासजी! आपका हृदय निष्पाप है। आपने मुझसे जो पूछा, मैंने यथासंभव उसका उत्तर आपको दे दिया है।"

देवर्षि नारद ने इस प्रकार कहकर वहाँ से जाने की अनुमति ली और वीणा बजाते हुए वहाँ से चल दिए। पीछे व्यासजी सोचते हुए रह गए, 'हे देवर्षि! आप धन्य हैं। श्रीकृष्ण के नाम संकीर्तन से आप स्वयं तो आनंदित होते हैं, दूसरों को भी आनंदित करते हैं।'

❑

3

कृपाचार्य

प्राचीन समय की बात है, गौतम ऋषि के यहाँ एक पुत्र उत्पन्न हुआ, जिसका नाम शरद्धान गौतम था। शरद्धान गौतम एक प्रसिद्ध कवि थे। उन्होंने घोर तपस्या के बल पर बहुत-सी शक्तियाँ व सिद्धियाँ प्राप्त की थीं। वे रात-दिन कठोर तपस्या में लीन रहते और धनुर्विद्या का अभ्यास करते।

शरद्धान गौतम का जन्म बाणों के साथ हुआ था, इसलिए उन्हें धनुर्विद्या से काफी लगाव था। वेदाभ्यास में उनकी जरा भी रुचि नहीं थी। वे हर समय अस्त्र-शस्त्र व धनुर्विद्या का अभ्यास करते रहते थे। पृथ्वी पर उनके बाणों का सामना कोई व्यक्ति नहीं कर सकता था।

धनुर्विद्या में वे इतने निपुण हो चुके थे कि देवराज इंद्र भी उनसे भयभीत रहने लगे। उन्हें भय था कि शरद्धान गौतम उनसे युद्ध करके उनसे स्वर्ग का राज्य न छीन लें। बस यही चिंता इंद्र को दिन-रात सताने लगी, तब उन्होंने मन-ही-मन

एक निर्णय लिया कि क्यों न उनकी साधना को भंग करके उनकी शक्ति को कम कर दिया जाए, ताकि वे उनका सामना ही न कर सकें।

यह सोचकर उन्होंने 'नामपदी' नामक एक देवकन्या को अपने पास बुलाया और कहा, "नामपदी! हम जानते हैं कि तुम अपार सुंदरता की स्वामिनी हो। अपनी सुंदरता के द्वारा किसी का भी मन मोह सकती हो।"

"क्या यही कहने के लिए आपने मुझे यहाँ बुलाया था, देवराज इंद्र!"

"नहीं, हमने एक आवश्यक कार्य हेतु तुम्हें यहाँ बुलाया है।" इंद्र ने कहा, "मैं चाहता हूँ कि तुम पृथ्वीलोक पर जाकर एक तपस्वी की तपस्या को भंग कर दो।"

"कौन सा तपस्वी, देवराज इंद्र?" नामपदी ने आश्चर्यचकित होकर पूछा।

"शरद्धान गौतम!" इंद्र ने बताया, "आजकल उसकी शक्ति कुछ ज्यादा ही बढ़ती जा रही है और मुझे भय है कि वे अपनी इस शक्ति के बल पर कहीं मुझसे मेरा राज्य न छीन लें। पृथ्वीलोक पर उसके बाणों का सामना कोई मनुष्य नहीं कर सकता।"

"लेकिन उसके बाण मेरे नयन-बाणों का सामना नहीं कर पाएँगे, देवराज इंद्र।" नामपदी ने अपने सौंदर्य पर गर्व से मुसकराते हुए कहा।

"यही तो मैं चाहता हूँ।"

"आप मुझे आज्ञा दें, मैं उसकी तपस्या भंग करने के बाद ही आपसे मिलूँगी।"

इस प्रकार देवराज इंद्र की आज्ञा पाकर नामपदी पृथ्वीलोक पर आई और शरद्धान गौतम के आश्रम में पहुँची, जहाँ वे तपस्या में लीन थे।

उसने अपने सौंदर्य के प्रभाव से उनकी तपस्या को भंग कर दिया। शरद्धान गौतम उस देवकन्या के सौंदर्य के प्रभाव से इतने कामपीड़ित हुए कि उनका वीर्य स्खलित होकर एक सरकंडे पर जा गिरा।

वह सरकंडा तुरंत दो भागों में विभक्त हो गया, जिसमें से एक भाग से 'कृप' नामक बालक उत्पन्न हुआ और दूसरे भाग से 'कृपी' नामक कन्या।

शरद्धान धनुर्वेत्ता थे। वे धनुष-बाण और काला मृगचर्म वहीं छोड़कर कहीं चले गए।

संयोगवश हस्तिनापुर के राजा शांतनु उस समय जंगल में शिकार खेलने के लिए आए थे। शिकार की तलाश में वे इधर-उधर भटक रहे थे कि अचानक उनके कानों में दोनों बच्चों के रोने का स्वर सुनाई पड़ा।

सुनसान जंगल में बच्चे के रोने का स्वर सुनकर महाराजा शांतनु ने अपना रथ रुकवाया और अपने सारथी से कहने लगे, "तुम्हें किसी बच्चे के रोने का स्वर सुनाई पड़ रहा है

या फिर वह मेरा भ्रम है?"

"नहीं महाराज! यह भ्रम नहीं है, मैंने भी बच्चे के रोने का स्वर सुना था।"

"इस सुनसान जंगल में किसका बच्चा रो सकता है?" शांतनु ने आश्चर्य से पूछा।

"पता नहीं महाराज! हमें उसी दिशा में चलकर देखना चाहिए।" सारथी बोला; फिर महाराजा शांतनु ने सारथी से कहकर रथ उसी दिशा में मुड़वा लिया, जिस दिशा से बच्चों के रोने की आवाज आ रही थी।

जब महाराजा शांतनु वहाँ पहुँचे तो आश्चर्यचकित रह गए। एक मृगचर्म में दो बच्चे लिपटे हुए पेड़ के नीचे पड़े रो रहे थे।

महाराजा शांतनु तुरंत अपने रथ से नीचे उतरे। उनका सारथी भी रथ से नीचे उतर आया। शांतनु ने आगे बढ़कर रोते हुए एक बालक को अपनी गोद में उठा लिया और दूसरा बच्चा सारथी अपनी गोद में उठाकर उसे चुप कराने लगा।

"महाराज! यह तो लड़की है।" सारथी ने बच्चे को देखते हुए कहा।

"मेरी गोद में जो बालक है, यह लड़का है।" शांतनु ने बताया।

"परंतु महाराज, ये दोनों बच्चे इस सुनसान जंगल में कहाँ से आ गए?" सारथी ने पूछा।

"लगता है कि कोई इन बच्चों को इस जंगल में छोड़कर चला गया है।" शांतनु ने अनुमान लगाते हुए कहा, "परंतु कौन छोड़कर गया है, इस बात का कैसे पता चले।"

"महाराज! मुझे तो लगता है कि इन बच्चों को कोई ऋषि-मुनि यहाँ छोड़कर गए हैं, क्योंकि यह दोनों बच्चे मृगचर्म में लिपटे हुए हैं।"

राजा शांतनु ने उसकी बात पर गंभीरता से विचार करते हुए कहा, "बात तो तुम्हारी ठीक है, सारथी। मगर प्रश्न यह उठता है कि हम इन दोनों बच्चों का करें क्या?"

"महाराज! हम इन दोनों बच्चों को यहीं छोड़कर वापस राजमहल लौट चलते हैं।"

"नहीं सारथी! कैसी बातें करते हो, हम इन दो नन्हीं जान को छोड़कर अपने महल में कैसे जा सकते हैं।" एकाएक ही राजा शांतनु भड़क उठे।

"तो फिर क्या करें?"

"हम इन दोनों बच्चों को अपने साथ लेकर महल जाएँगे और वहीं इनका पालन-पोषण करेंगे।" महाराजा शांतनु ने कहा।

"जैसी आपकी इच्छा, महाराज!"

"आज से इस बालक का नाम 'कृपा' है और बालिका का नाम 'कृपी' होगा।" महाराजा शांतनु बोले, "आज से इन्हें सब इन्हीं नाम से पुकारेंगे।"

"जो आज्ञा महाराज!" इतना कहकर दासी कृप और कृपी को अपने साथ लेकर चली गई। उस दिन से दोनों की परवरिश वहीं महल में होने लगी।

जब कृप कुछ बड़े हो गए तो शरद्धान को इस बात का पता चल गया कि कृप उन्हीं का ही पुत्र है। अतः वे गुप्त रूप से कृप को धनुर्विद्या की शिक्षा देने लगे। कृप ही बड़े होकर कृपाचार्य बन गए।

उसके बाद कृपाचार्य जब सभी शिक्षाओं में निपुण हो गए तो पितामह भीष्म के पास आए। उन्हें देखते ही कृपाचार्य ने सम्मान सहित कहा, "आपने आने का कष्ट क्यों उठाया गंगापुत्र। मुझे वहीं बुलवा लिया होता।"

"आचार्य! कार्य कुछ ऐसा था कि हमें स्वयं चलकर आपके पास आना पड़ा।" भीष्म बोले।

"आज्ञा करें गंगापुत्र, मैं आपकी क्या सेवा कर सकता हूँ।" कृपाचार्य बोले।

"आचार्य! मैं चाहता हूँ कि आप धृतराष्ट्र और पांडु-पुत्रों को धनुर्विद्या की शिक्षा दें।"

"यह तो मेरे लिए सौभाग्य की बात है, गंगापुत्र।" कृपाचार्य ने कहा।

“आज से यह जिम्मेदारी मैं आपको सौंपकर निश्चिंत हो जाना चाहता हूँ।”

“आप निश्चिंत होकर जाइए, आज से उनकी शिक्षा का भार मेरा है, गंगापुत्र।”

इस तरह कृपाचार्य पांडु-पुत्रों और धृतराष्ट्र के पुत्रों को शिक्षा देने लगे।

कृपाचार्य के द्वारा पांडव तथा कौरव-पुत्रों की प्रारंभिक शिक्षा समाप्त होने के पश्चात् अस्त्र-शस्त्रों की विशेष शिक्षा के लिए भीष्म ने आचार्य द्रोणाचार्य को नियुक्त किया, जो कृपाचार्य के बहनोई थे।

कृपाचार्य की बहिन कृपी की शादी आचार्य द्रोणाचार्य से हुई थी।

शिक्षा पूर्ण हो जाने पर जब सभी राजकुमार रंगभूमि में पहुँचकर अपने अस्त्र-शस्त्रों का प्रदर्शन कर रहे थे, तभी कर्ण ने अर्जुन को ललकारा, “मैं अर्जुन को चुनौती देता हूँ कि वह मेरे समान धनुर्विद्या में करतब करके दिखाए।”

अर्जुन को ललकारने का साहस किसने किया, यह सोचकर सभी लोग कर्ण की ओर देखने लगे। दुर्योधन की प्रसन्नता का तो ठिकाना ही नहीं रहा था, वह कर्ण के पास आकर बोला, “मित्र कर्ण! आज तुमने मेरी लाज रख ली।” तभी कुलगुरु कृपाचार्य सभा में उठकर खड़े हो गए और बोले, “राजकुमार दुर्योधन! क्षत्रियों की सभा में जो लोग

बिना बताए आते हैं, वे निंदा योग्य होते हैं, इतना तुम्हें मालूम होना चाहिए।"

"यह आप क्या कह रहे हैं, गुरुवर!" दुर्योधन आश्चर्य से बोला।

"अपने मित्र से कहो कि वह पहले अपना परिचय दे, तब महाराज पांडु के पुत्र अर्जुन इसके साथ युद्ध करने के लिए तैयार होंगे।"

"यह आप कैसी बातें कर रहे हैं। युद्ध के लिए परिचय देना आवश्यक नहीं होता, गुरुश्रेष्ठ!" दुर्योधन बोला।

"इससे कहो कि यह पहले बताए कि किस राजवंश का दीपक है।" कृपाचार्य बोले।

"और अगर यह अपना परिचय न दे तो फिर क्या होगा?"

"इसके कुल का परिचय पाए बिना राजकुमार अर्जुन इससे युद्ध नहीं करेंगे, क्योंकि युद्ध बराबर वालों में होता है।" कृपाचार्य ने बताया।

कृपाचार्य की बात सुनकर कर्ण का सिर लज्जा से झुक गया।

महाभारत के युद्ध में कृपाचार्य कौरवों की ओर से सक्रिय थे। कर्ण के वध के उपरांत जब दुर्योधन बहुत दुःखी

हुआ तो कृपाचार्य ने उसे समझाया, "दुर्योधन! यह युद्ध राज्य के लोभ में लड़ा जा रहा है। जो कार्य जिसे सौंपा गया था, उसे अपने प्राणों की आहुति देकर सभी लोग पूरा करते जा रहे हैं, अब तुम भी कुछ करो।"

"आप कहना क्या चाहते हैं, गुरुवर!" दुर्योधन ने कृपाचार्य से पूछा।

"अब तुम्हारा एक ही कर्तव्य है कि तुम पांडवों से संधि कर लो।"

"कदापि नहीं, मैं उन पांडवों के साथ संधि नहीं कर सकता।"

"पुत्र दुर्योधन! तुम्हारी भलाई इसी में है कि यह युद्ध अब खत्म हो जाए।" कृपाचार्य ने उसे समझाया।

"अब तो युद्ध छिड़ चुका है, यह बंद नहीं हो सकता, आचार्य।"

"लेकिन इस समय तुम्हारे लिए यही उचित होगा दुर्योधन।" कृपाचार्य बोले।

हताश दुर्योधन को कृपाचार्य की सलाह जरा भी पसंद नहीं आई थी, इसलिए उसने कृपाचार्य की बात नहीं मानी।

हारकर कृपाचार्य को खामोश होकर उसके साथ युद्ध करना पड़ा। अंत में इस युद्ध में दुर्योधन के साथ उसके भाई

भी मारे गए और उसके सभी सेनापति भी मृत्यु को प्राप्त हुए। परंतु कृपाचार्य इस युद्ध में जीवित बच गए थे।

धर्मग्रंथों में सात चिरंजीवियों में कृपाचार्य का नाम भी आता है।

❑

4

परशुराम

परशुराम की जन्म-कथा

प्राचीन समय की बात है, जमदग्नि नाम के एक महान् ऋषि थे। उनकी पत्नी का नाम रेणुका था। जमदग्नि मुनि ने रेणुका के गर्भ से पाँच पुत्र उत्पन्न किए। उनमें से सबसे छोटे परशुराम थे, जो महाक्रोधी थे। उनका यश पूरे संसार में प्रसिद्ध है। कहा जाता है कि हैहय क्षत्रिय वंश का अंत करने के लिए स्वयं भगवान् ने परशुराम के रूप में जन्म लिया था। उन्होंने इस पृथ्वी को इक्कीस बार क्षत्रियविहीन किया। लोगों का कहना है कि क्षत्रिय ब्राह्मण के विरोधी हो गए थे। इसी कारण ब्राह्मणों के नेता के रूप में परशुरामजी ने क्षत्रियों का विनाश करके धरती का बोझ हलका किया था। वे बड़े क्रोधी और वीर थे।

परशुराम का जन्म असाधारण परिस्थितियों में हुआ था। उनके परनाना का नाम गाधि था। गाधि बहुत ही लोकप्रिय

राजा थे। उनके शासन-काल में उनकी प्रजा बड़ी सुखी थी। सभी लोग अपने राजा से बहुत प्रसन्न रहते थे और उनकी बहुत प्रशंसा करते थे।

राज्य के हर व्यक्ति के मुख से उनकी प्रशंसा में यही शब्द निकलते थे, "हमारे महाराज बहुत पराक्रमी और दयालु हैं। महाराज गाधि के शासन काल में हमें किसी का भी भय नहीं है। कोई हमारा कुछ नहीं बिगाड़ सकता।"

उनकी प्रजा में अपने राजा के विषय में कुछ ऐसे ही विचार थे।

महाराज गाधि के एक पुत्री थी। उनके यहाँ कोई पुत्र नहीं था। वह अपनी कन्या से बहुत ज्यादा स्नेह रखते थे। उनकी कन्या का नाम सत्यवती था, जो बहुत सुंदर थी। महाराजा गाधि ने सत्यवती को बड़े लाड़-प्यार से पाला था।

एक बार की बात है, महर्षि भृगु के पुत्र ऋचीक भ्रमण करते हुए उधर से गुजर रहे थे। अचानक रास्ते में उनकी दृष्टि महाराज गाधि की पुत्री सत्यवती पर पड़ गई। जिसे देखते ही वह उसकी सुंदरता पर मोहित हो गए।

सत्यवती को देखते ही ऋचीक ने उनसे विवाह करने का निश्चय कर लिया। यह निश्चय करने के बाद वे महाराजा गाधि के पास पहुँचे। गाधि ने उनका सत्कार किया और पूछा, "कहिए मान्यवर! मैं आपकी क्या सेवा कर सकता

हूँ?"

"महाराज! मैं आज आपके पास कुछ माँगने आया हूँ।" उन्होंने कहा।

"बताइए! मैं आपकी किस आवश्यकता को पूर्ण करूँ?"

"महाराज! मैं आपकी पुत्री सत्यवती से विवाह करना चाहता हूँ।"

यह सुनते ही महाराजा गाधि चिंतित हो गए। वह अपनी सुंदर और लाड़ली बेटी का विवाह एक ऋषि के साथ नहीं करना चाहते थे और न ही उन्हें साफ इनकार कर सकते थे। इसलिए उनके दिमाग में तुरंत एक योजना आई।

"क्या बात है, महाराज! क्या आपको मेरा प्रस्ताव स्वीकार नहीं है।"

"यह बात नहीं है, महर्षि!" महाराजा ने गंभीर स्वर में कहा।

"तो फिर मुझे अपनी चिंता का कारण बताइए।" ऋचीक बोले।

गाधि कुछ क्षण मौन अवस्था में बैठे रहे। उन्होंने ऋचीक की बात का कोई उत्तर नहीं दिया। उन्हें इस प्रकार मौन देखकर ऋचीक बोले, "महाराज गाधि! क्या मैं आपकी पुत्री के योग्य नहीं या फिर कोई और बात है।"

"नहीं महर्षि! यह तो मेरी पुत्री का सौभाग्य है कि

उसका विवाह आपके साथ हो।" महाराजा गाधि बोले, "परंतु…।"

"परंतु क्या राजन!"

"विवाह करने से पूर्व आपको एक शर्त पूरी करनी होगी।" महाराजा गाधि ने कहा।

"कैसी शर्त?"

"आपको एक हजार भूरे घोड़े हमें भेंट करने होंगे, लेकिन उनका एक कान काला होना चाहिए।" महाराज गाधि ने उन्हें अपनी शर्त बताई।

"बस यही शर्त पूरी करनी होगी?" महर्षि ऋचीक ने लापरवाही के साथ पूछा।

"हाँ मुनिवर! बताएँ, क्या आप इतने घोड़े भेंट कर सकते हैं?"

"महाराज! अगर इतनी सी बात है तो इसे तो मैं अवश्य ही पूरा कर दूँगा।"

ऋचीक गाधि से विदा लेकर सीधे वरुण के पास पहुँचे और उन्हें अपनी समस्या बताते हुए गंभीर स्वर में बोले, "मुझे एक हजार भूरे घोड़ों की आवश्यकता है, जिसका कान काला होना चाहिए, तभी मेरा विवाह सत्यवती के साथ हो सकता है।"

"तुम चिंता मत करो, एक हजार घोड़ों का प्रबंध हो जाएगा।" वरुण बोले।

उसके बाद वरुण ने एक हजार भूरे घोड़ों का प्रबंध कर दिया, जिनका एक कान काला था। महर्षि ऋचीक उन घोड़ों को लेकर महाराज गाधि के पास पहुँचे और उन्हें घोड़े भेंट कर दिए।

"महाराज! मैंने आपकी शर्त को पूरा कर दिया है। अब शर्त के अनुसार सत्यवती का विवाह मुझसे करवा दें।" ऋचीक बोले।

इस प्रकार महाराजा गाधि को न चाहते हुए भी अपनी कन्या सत्यवती का विवाह ऋचीक के साथ करना पड़ा।

विवाह के बाद दोनों सुखपूर्वक अपना जीवन बिताने लगे। विवाह के कुछ दिनों बाद ऋचीक के पिता ऋषि भृगु अपने पुत्र और पुत्रवधू से मिलने के लिए आश्रम पहुँचे।

ऋचीक और सत्यवती ने बड़े प्रेमपूर्वक उनका आदर-सत्कार किया। ऋषि भृगु बहुत प्रसन्न हुए। उन्होंने अपने पुत्र और पुत्रवधू को अपने पास बुलाकर कहा, "मैं तुम दोनों के सेवा-भाव से बहुत प्रसन्न हूँ और तुम्हें आज मुँहमाँगा वरदान देना चाहता हूँ, जो भी चाहो माँग लो।"

"यह तो हमारा कर्तव्य है, पिताश्री!" ऋचीक ने हाथ जोड़कर कहा।

"फिर भी मैं तुम लोगों को अपनी इच्छा से कोई वर देना चाहता हूँ, पुत्र।" महर्षि भृगु ने कहा।

उसी समय सत्यवती ने अपने दोनों हाथ जोड़कर भृगु से कहा, "पिताजी! मुझे आपसे एक वरदान माँगना है और आपको देना ही होगा।"

"संकोच मत करो बहू, माँगो क्या वरदान माँगना चाहती हो।"

"पिताजी! मैं चाहती हूँ कि आप मुझे एक पुत्र के साथ एक भाई भी प्रदान करें।" सत्यवती ने हाथ जोड़कर कहा।

एक क्षण के लिए ऋषि भृगु ने कुछ सोच-विचार किया और फिर वरदान देते हुए बोले, "बहू! तुम्हें ये दोनों ही वरदान प्राप्त होंगे, तुम्हें पुत्र की प्राप्ति होगी और भाई की भी।"

"आपका बहुत-बहुत धन्यवाद पिताजी!" सत्यवती ने खुश होकर कहा।

"लेकिन बहू! इसके लिए तुम्हें एक कार्य करना होगा।"

"जी कहिए, पिताजी!"

"चलो, मेरे साथ चलो।" भृगु ऋषि उसे एकांत-स्थल पर ले गए। वहाँ पहुँचकर उन्होंने खीर के दो पात्र सत्यवती को दिए। एक छोटा पात्र था और दूसरा उससे कुछ बड़ा।

"बहू! यह चावल और दूध से बनी खीर के दो पात्र हैं। एक छोटा और एक बड़ा।" उन्होंने पात्रों की ओर ध्यान दिलाते हुए कहा।

"जी पिताजी!"

"इनमें से बड़ा खीर का पात्र तुम अपनी माता को खिला देना और यह छोटा पात्र तुम्हारे लिए है, इसे तुम स्वयं खा लेना। बहुत जल्दी तुम्हारी दोनों इच्छाएँ पूर्ण हो जाएँगी।"

"मैं समझ गई पिताजी!" इतना कहकर सत्यवती ने खीर के दोनों पात्र उनसे ले लिये।

"अब हमें चलने की आज्ञा दो।" ऋषि भृगु ने उठते हुए कहा।

"लेकिन पिताजी! कुछ समय के लिए तो और रुक जाते।" सत्यवती ने कहा।

"नहीं बहू! हम और अधिक नहीं रुक सकते हैं। हमें इसी समय अपने आश्रम पहुँचना होगा।" ऋषि भृगु ने कहा।

इतना कहकर भृगु वहाँ से अपने आश्रम जाने के लिए निकल पड़े।

उनके जाने के बाद सत्यवती और ऋचीक खीर के दोनों पात्रों को लेकर गाधि के यहाँ जाने के लिए निकल पड़े।

बेटी और दामाद को देखकर महाराज गाधि और उनकी पत्नी दोनों ही खुश हो गए। सत्यवती ने अपनी माँ से कहा, "माँ! यह खीर के दो पात्र हैं। यह मुझे मेरे ससुर ने मुझे वरदान में दिए हैं।"

"कैसा वरदान पुत्री?" सत्यवती की माँ ने आश्चर्यचकित होकर पूछा।

"इसमें एक पात्र तुम्हारे लिए है और एक पात्र मेरे लिए।" सत्यवती ने कहा, "इस खीर को खाने से हम दोनों को ही पराक्रमी पुत्रों की प्राप्ति होगी। यह खीर बड़ी पवित्र है।"

"तुम सच कह रही हो, पुत्री!" उसकी माता ने खुश होकर पूछा।

"हाँ माँ।" सत्यवती ने बताया।

"पुत्री! ऋचीक से तुम्हारा विवाह होने पर हम दोनों का ही भाग्योदय हो गया।"

"हाँ माँ! भगवान् ने शायद इसीलिए मेरा विवाह मुनि ऋचीक से कराया, ताकि मुझे एक भाई प्राप्त हो जाए।"

"तुम ठीक कहती हो, पुत्री! ईश्वर की यही इच्छा रही होगी।" सत्यवती की माँ ने कहा।

जिस समय ऋषि भृगु सत्यवती को पूरी बात समझा रहे थे, उस समय उसने सारी बातें ध्यान से नहीं सुनीं, इसलिए उसने अपनी माँ को यह नहीं बताया कि खीर का छोटा पात्र उसके लिए है और बड़ा पात्र उसकी माता के लिए है।

सत्यवती की माँ ने खीर का छोटा पात्र आगे बढ़कर उठा

लिया और उसकी पूरी खीर खा ली। उसके बाद सत्यवती ने अपनी माँ का बड़ा पात्र उठाया और खीर खा ली।

उधर अपने आश्रम में भृगु ऋषि जब तपस्या में लीन थे तो उन्हें तपस्या के बल पर आश्रम में बैठे-बैठे ही पता चल गया कि खीर के पात्र आपस में बदल गए हैं। यह जानकर वे व्याकुल हो उठे, लेकिन अब क्या हो सकता था, जो होना था वह तो हो चुका था।

कुछ दिनों पश्चात् महर्षि भृगु फिर से अपने पुत्र ऋचीक के आश्रम आए तो दोनों ने मिलकर उनका आदर-सत्कार किया।

"पुत्री! मैंने जो तुम्हें खीर के पात्र दिए थे, वे तुम दोनों ने खा लिये थे न?"

"जी पिताजी! मैंने एक पात्र माँ को दे दिया था और दूसरे पात्र की खीर मैंने स्वयं खा ली थी।" सत्यवती ने बताया।

"पुत्री! शायद मैंने जो तुम्हें बातें बताई थीं, तुमने ध्यान से नहीं सुनीं, इसलिए तुमसे एक भारी भूल हो गई।"

"कैसी भूल पिताजी?" सत्यवती ने चौंकने वाले अंदाज में पूछा।

"मैंने तुमसे कहा था, तुम्हें छोटे पात्र की खीर का सेवन करना है और तुम्हारी माता को बड़े पात्र की खीर खानी है।"

"शायद मैंने यह बात ध्यान से नहीं सुनी थी, पिताजी!" सत्यवती ने लज्जित होकर कहा।

"पुत्री! तुमने गलती से अपनी माता की खीर खा ली। यही तुम दोनों से भूल हो गई।"

"तो क्या पिताजी, अब मुझे पुत्र और भाई की प्राप्ति नहीं होगी?"

"ऐसी बात नहीं, पुत्री! मेरा वरदान कभी खाली नहीं जाता। तुम दोनों को ही पुत्र होंगे, परंतु पुत्री अपनी भूल का दंड तुम दोनों को अवश्य भोगना पड़ेगा।"

"कैसा दंड, पिताजी?"

"अब तुम्हारी माता की कोख से जन्म लेने वाला क्षत्रिय संन्यासी बनेगा और तुम्हारा पुत्र ब्राह्मण होकर भी पराक्रमी होगा।"

यह सुनकर सत्यवती को बड़ा दुःख हुआ। वह बहुत ज्यादा घबरा गई थी, इसलिए उसने महर्षि भृगु से प्रार्थना की, "पूज्यवर! मैं आपसे विनती करती हूँ कि मेरा पुत्र ऐसा नहीं होना चाहिए।"

"पुत्री! चिंता मत करो, परंतु तुम्हारा पौत्र बहुत धर्मात्मा होगा।"

"नहीं पूज्यवर! चाहे मेरा पौत्र वीर हो या धर्मात्मा, परंतु मेरा पुत्र ऐसा नहीं होना चाहिए। आप कोई उपाय कीजिए।"

"ठीक है बहू! ऐसा ही होगा।" भृगु ने कहा, "तुम्हारा पौत्र धर्मात्मा के साथ वीर, पराक्रमी भी होगा और संन्यासी ही रहेगा।"

यह सुनकर सत्यवती कुछ शांत हुई। उसे शांत कर भृगु वहाँ से चले आए।

कुछ समय बाद ही सत्यवती के गर्भ से पुत्र उत्पन्न हुआ। पुत्र के पैदा होने पर दोनों पति-पत्नी बहुत प्रसन्न हुए। उन्होंने अपने पुत्र का नाम जमदग्नि रखा था।

जमदग्नि बचपन से ही बहुत बुद्धिमान थे। उनकी पढ़ने में रुचि कुछ ज्यादा ही थी। उन्होंने बहुत जल्द सभी वेदों का अध्ययन कर लिया। धीरे-धीरे वे बड़े होने लगे।

जब वे युवा हुए तो उनकी माता सत्यवती और पिता ऋचीक ने उनका विवाह रेणुका नाम की एक लड़की से करवा दिया।

रेणुका से विवाह हो जाने के पश्चात् उन्होंने गृहस्थाश्रम में प्रवेश किया। उस युग के ज्यादातर सभी क्षत्रिय जाति के कुकर्मी हो गए थे। धरती पर उन सभी का भार बढ़ता ही जा रहा था, अत्याचारों में वृद्धि हो रही थी।

उन क्षत्रियों में सबसे ज्यादा दुष्ट और कुकर्मी कार्तवीर्य अर्जुन था। वह हैहय वंश का शासक था। उसकी हजार भुजाएँ थीं। वह सब उसने तपस्या के बल पर हासिल किया था।

रेणुका और जमदग्नि के विवाह के पश्चात् उन्हें एक-एक करके पाँच पुत्रों की प्राप्ति हुई। उनमें से पाँचवाँ पुत्र, जो सबसे छोटा था वह विष्णु भगवान् का अवतार था। अपने वचन के अनुसार ही भगवान् ने रेणुका के पाँचवें पुत्र के रूप में जन्म लिया था। इसी पुत्र के बारे में भृगु ऋषि ने वरदान दिया था। जमदग्नि और रेणुका ने पाँचवें बालक का नाम 'राम' रखा था। राम की बचपन से ही व्यायाम और शस्त्र-विद्या सीखने में अत्यंत रुचि थी। वह प्रत्येक दिन मल्ल विद्या का अभ्यास किया करता था। उसे इस अभ्यास में बड़ा आनंद आता था।

धीरे-धीरे दिन गुजरने लगे और 'राम' बड़ा होने लगा। एक दिन जब वह अपनी युवावस्था में आ गया तो अपने पिता ऋषि जमदग्नि के पास पहुँचा और हाथ जोड़कर खड़ा हो गया।

"कहो पुत्र! कैसे आना हुआ?" उनके पिता ने स्नेहपूर्वक पूछा।

"पिताजी! मैं आपसे एक बात की आज्ञा लेने आया हूँ।"

"किस बात की आज्ञा पुत्र! निःसंकोच होकर बताओ।"

"पिताजी! मैं गंधमादन पर्वत पर जाकर भगवान् शिव की तपस्या करना चाहता हूँ।"

"तपस्या किसलिए पुत्र?"

"पिताजी! मैं तपस्या करके उनसे वरदान पाना चाहता हूँ।"

जमदग्नि उसकी बात सुनकर खुश हो गए। उन्होंने सहर्ष आज्ञा देते हुए कहा, "जैसी तुम्हारी इच्छा पुत्र। यदि तुम तपस्या करने के लिए जाना चाहते हो तो अवश्य जाओ, मेरा आशीर्वाद तुम्हारे साथ है।"

पिता का आशीर्वाद पाने के बाद राम गंधमादन पर्वत पर चले गए। वहाँ वे भगवान् शंकर की तपस्या में लीन हो गए। उनकी कड़ी तपस्या को देखकर भगवान् शिव प्रसन्न हो गए। उन्होंने राम को दर्शन देकर कहा, "वत्स! हम तुम्हारी तपस्या से बहुत प्रसन्न हैं। माँगो, तुम क्या माँगना चाहते हो।"

"सच प्रभु! जो मैं आपसे माँगना चाहता हूँ, आप मुझे वह दे सकते हैं?"

"क्यों नहीं पुत्र! हम तुम्हारी तपस्या से बहुत खुश हैं। तुम अपनी इच्छा से बताओ, क्या चाहते हो? मैं उसे अवश्य ही पूर्ण कर दूँगा।"

उनकी बात सुनकर राम एक क्षण के लिए सोचते रहे, फिर बोले, "हे भगवन्! मैं वरदान में आपसे परशु नामक आग्नेय कुल्हाड़ी को प्राप्त करना चाहता हूँ।"

"हे वत्स! तुम इसके अधिकारी हो, आओ मेरे समीप आकर इसे ले लो। इस परशु के धारण करने से तुम्हें कोई भी बलवान व्यक्ति पराजित नहीं कर सकता।"

इतना कहकर शंकरजी ने उन्हें वह परशु दे दिया। तभी

से उनका नाम राम से बदलकर परशु धारण करने के कारण 'परशुराम' पड़ गया।

भगवान् का आशीर्वाद प्राप्त करने के बाद और अपनी तपस्या को पूर्ण कर, वरदान में मिली परशु नामक कुल्हाड़ी को लेकर वे अपने पिता के आश्रम में वापस लौट आए। उनके पिता उन्हें देखकर प्रसन्न हो गए और बोले, "पुत्र राम! क्या तुम्हारी तपस्या पूर्ण हुई और तुम्हें शिवजी का वरदान प्राप्त हुआ?"

"जी पिताजी!"

"यह तो बहुत अच्छी बात है, मैं तुम्हें यहाँ देखकर बहुत प्रसन्न हूँ।"

"यह मेरे लिए सौभाग्य की बात है, पिताश्री! आप ही के आशीर्वाद से मुझे यह वरदान प्राप्त हुआ है।" परशुराम बोले।

उसके बाद वे वहाँ से चले गए। दिन धीरे-धीरे गुजर रहे थे।

एक दिन की बात है, जमदग्नि हवन के लिए तैयारी कर रहे थे। उन्होंने अपनी पत्नी को अपने पास बुलाकर उन्हें आदेश दिया, "प्रिय! मैं हवन की तैयारियों में जुटा हूँ, तुम तुरंत जाकर नदी से एक कलश जल ले आओ, हवन में उसकी आवश्यकता पड़ेगी।"

"जो आज्ञा स्वामी!" इतना कहकर उनकी पत्नी जल लाने के लिए निकल पड़ीं।

जिस समय वे गंगा तट पर जल लेने पहुँचीं तो वहाँ उन्होंने गंधर्वराज चित्ररथ को अप्सराओं के साथ जलविहार करते हुए देखा।

जल-क्रीड़ा करते हुए गंधर्वराज को देखकर वे हर्षित हो रही थीं। उधर पतिदेव के हवन का समय भी हो चुका था। उन्हें वहाँ गंधर्वराज को देखते हुए काफी समय गुजर गया।

हवन का समय बीतता जा रहा था। जमदग्नि काफी देर से अपनी पत्नी के आने की प्रतीक्षा कर रहे थे, जब उन्हें काफी समय बीत गया तो जमदग्नि के क्रोध का पारावार न रहा।

अचानक उनकी पत्नी को वहाँ याद आया कि मुझे यहाँ खड़े-खड़े काफी समय बीत गया है और पति मेरी प्रतीक्षा कर रहे होंगे। यह खयाल मन में आते ही वे विचलित हो उठीं।

वे तुरंत कलश में जल भरकर आश्रम में जा पहुँची। वहाँ जल का कलश महर्षि के सामने रखकर वे हाथ जोड़कर बोलीं, "क्षमा करना स्वामी! जल लाने में मुझे थोड़ी देर हो गई।"

जमदग्नि मुनि ने उनसे कुछ नहीं कहा, परंतु उन्होंने अपने योगबल के द्वारा अपनी पत्नी के मन की बात जान ली

तो उन्हें अपनी पत्नी पर गुस्सा आने लगा। वे क्रोध में भरकर अपने पुत्रों से बोले, "पुत्रो! इस पापिन औरत को अभी और इसी समय मार डालो।"

उस समय वे क्षमा की बात को भूल गए थे। परंतु उनके चारों पुत्रों में से किसी एक ने भी उनकी आज्ञा को स्वीकार नहीं किया।

यह देखकर जमदग्नि को और भी अधिक क्रोध आया। वे क्रोध में भरकर बोले, "तुम चारों ने मेरी आज्ञा न मानने का घोर अपराध किया है, इसलिए मैं तुम्हें श्राप देता हूँ कि तुम चारों पागल हो जाओगे।"

उनका श्राप मिलते ही उनके चारों पुत्र पागल हो गए।

उनके पाँचवें पुत्र परशुराम उस समय जंगल में गए हुए थे। जब वे वापस आए तो उनके पिता उन्हें देखकर प्रसन्न होते हुए बोले, "पुत्र! तुम आ गए, मैं तुम्हारे आने की ही प्रतीक्षा कर रहा था।"

"आदेश करें पिताजी! मैं आपकी क्या सेवा कर सकता हूँ।" परशुराम ने पूछा।

उनकी बात सुनकर महर्षि प्रसन्न हो गए। उन्होंने खुश होकर कहा, "पुत्र! तुमने मेरे आदेश को स्वीकार किया, यह मेरे लिए सौभाग्य की बात है, परंतु मैंने तुम्हारे भाइयों को पागल हो जाने का श्राप दे दिया है।"

"मगर क्यों पिताजी?"

"पुत्र! उन्होंने मेरी आज्ञा मानने से इनकार कर दिया था।"

परशुराम ने पिता की बात का विरोध न करते हुए नम्रतापूर्वक पूछा, "आज्ञा दें पिताजी! मुझे क्या करना है?"

"राम! तुम इस दुष्टा का सिर धड़ से अलग कर दो।" उन्होंने रेणुका की ओर संकेत किया।

परशुराम पिता के आज्ञाकारी पुत्र थे। उन्होंने कारण पूछे बिना ही अपने फरसे से अपनी माता का सिर काट डाला। इसके साथ ही अपने चारों भाइयों को भी पिता की आज्ञा न मानने के कारण दंडस्वरूप मार डाला।

इसका एक कारण यह भी था कि वे अपने पिता के योग और तपस्या के प्रभाव को अच्छी प्रकार जानते थे। परशुराम के इस कृत्य से जमदग्नि मुनि बहुत प्रसन्न हुए। उन्होंने कहा, "पुत्र! तुम्हारी जो इच्छा हो, मुझसे वरदान माँग लो, मैं तुमसे प्रसन्न हूँ।"

परशुराम ने हाथ जोड़कर अपने पिता से विनती करते हुए कहा, "पिताजी! मेरी माता और सब भाई फिर जीवित हो जाएँ। इसके साथ ही इन्हें यह बात भी याद न रहे कि इन्हें मैंने मारा था।"

परशुराम के ऐसा कहते ही जमदग्नि मुनि ने अपने तपोबल से सभी को जीवित कर दिया। परशुराम उससे बहुत प्रसन्न हुए।

इधर कार्तवीर्य अर्जुन अभी तक सब लोगों पर पहले की भाँति अत्याचार कर रहा था।

एक दिन वह समुद्र के किनारे पहुँचा और उसके मन में आया कि वह समुद्र के जीव-जंतुओं को परेशान करे। वहाँ पहुँचकर भी वह अपने अत्याचारों से पीछे नहीं हटा था।

उसी समय उसने अपने तरकश से निकालकर बाण चढ़ाया और उस तीर को समुद्र में छोड़ ही रहा था कि तभी एक आवाज सुनाई दी, "कार्तवीर्य अर्जुन! तुम इस जल में रहने वाले जीवों का विनाश मत करो, कृपा करके इन जीवों को जीवित रहने दो।"

"कौन हो तुम और मुझे ऐसा करने से क्यों रोक रहे हो?" कार्तवीर्य ने पूछा।

"मैं समुद्र हूँ और ये जीव-जंतु मेरे अंदर निवास करते हैं।"

"अगर मैं तुम्हारी बात न मानूँ तो तुम मेरा क्या बिगाड़ लोगे?"

"कृपा करके इन्हें जीवित रहने दो, तुम इसके बदले में जो कहोगे, मैं तुम्हारी सभी बातें स्वीकार कर लूँगा।"

“ठीक है, मैं तुमसे एक प्रश्न पूछता हूँ। तुम्हें उसका सही उत्तर देना होगा।”

“मुझे स्वीकार है।” समुद्र ने कहा, “पूछो क्या पूछना चाहते हो?”

“बताओ, इस संपूर्ण संसार में कोई ऐसा वीर है, जो मेरे जितना बलवान हो?” कार्तवीर्य ने प्रश्न किया।

“हाँ, एक व्यक्ति ऐसा है, जो तुमसे अधिक बलवान और शक्तिशाली है।” समुद्र बोला।

यह सुनते ही कार्तवीर्य को क्रोध आ गया। क्रोध में भरकर उसने पूछा, “ऐसा कौन सा व्यक्ति है, जो मुझसे ज्यादा बलवान और शक्तिशाली है?”

“परशुराम···।”

“कौन परशुराम?” कार्तवीर्य ने आश्चर्यचकित होकर पूछा।

“परशुराम महर्षि जमदग्नि का पुत्र है।” समुद्र ने उत्तर दिया।

“मैं इस परशुराम को देख लूँगा, एक बार उससे आमना-सामना हो जाने दो।”

कार्तवीर्य अर्जुन क्रोध में भरकर वहाँ से अपने नगर आ गया। लेकिन उसका क्रोध अभी तक शांत होने का नाम नहीं ले रहा था।

उसी रात कार्तवीर्य के पुत्र महर्षि जमदग्नि की गाय के बछड़े को चुराकर आश्रम से अपनी राजधानी ले गए। जब सुबह महर्षि जमदग्नि अपनी कुटिया से बाहर निकले तो उनकी गाय अपने बछड़े से दूर हो जाने की वजह से जोर-जोर से रँभा रही थी।

उसी क्षण परशुराम भी वहाँ आ गए। अपने माता-पिता को रोता देख उन्होंने पूछा, "क्या हुआ माताश्री! आप और पिताजी क्यों रो रहे हैं? आखिर हुआ क्या है?"

"कुछ नहीं पुत्र! तुम चलकर हाथ-मुँह धो लो।" माता ने आँसू पोंछते हुए कहा।

उसी समय गाय फिर अपने बछड़े के वियोग में जोर-जोर से रँभाने लगी। उसे इस प्रकार रँभाते देखकर परशुराम ने पूछा, "माँ! उस गाय को क्या हुआ है, यह इतनी जोर-जोर से क्यों चिल्ला रही है?"

"मालूम नहीं पुत्र! आज सुबह से ही इसका यही हाल है।"

"मैंने इसे पहले इतना दु:खी कभी नहीं देखा और आज इसका बछड़ा भी कहीं नजर नहीं आ रहा है।" उन्होंने पूछा।

परशुराम के पूछने पर महर्षि ने उन्हें सभी बातें विस्तारपूर्वक बताईं। यह सुनकर परशुराम को बहुत क्रोध आया और उसी समय अपना परशु उठाकर बोले, "उस

कार्तवीर्य अर्जुन व उसके पुत्रों का इतना साहस कैसे हो गया कि अब वह ऋषि-मुनियों की चीजों पर भी अपनी दृष्टि डालने लगे, मैं उन्हें छोड़ूँगा नहीं।"

"क्रोध मत करो पुत्र! अगर वे बछड़ा ले गए हैं तो ले जाने दो।" माँ ने समझाया, "हमारे आश्रम में बछड़ों की कमी नहीं है।"

"नहीं माँ। मैं अभी और इसी समय उसके पास जाऊँगा और अपनी गाय का बछड़ा लेकर आऊँगा।" परशुराम ने कहा।

परशुराम इस घटना के कारण बहुत उग्र थे। उन्होंने अपनी माँ की कोई बात नहीं सुनी। उसी क्षण वे कार्तवीर्य के महल की ओर चल पड़े। उन्हें कार्तवीर्य की इस हरकत पर बड़ा क्रोध आ रहा था।

जब वे उसके महल में पहुँचे तो उन्होंने उसके आँगन में अपनी गाय के बछड़े को बँधा देखा। उसे वहाँ देखकर परशुराम को और भी ज्यादा क्रोध आ गया। वे उसी क्षण कार्तवीर्य अर्जुन के शयन-कक्ष में घुस गए।

उन्हें अपने कक्ष में आता देखकर अर्जुन को क्रोध आ गया। इस कारण इन दोनों में युद्ध छिड़ गया। परशुराम ने कार्तवीर्य की एक-एक करके उसकी हजार भुजाएँ काट डालीं और फिर बड़ी निर्दयता से उसका वध कर डाला।

वध करने के बाद परशुराम अपनी गाय के बछड़े को उठाकर अपने पिता के आश्रम में लौट आए। आश्रम में पिता से बोले, "पिताजी! जो लोग हमारी गाय के बछड़े को उठाकर ले गए थे, मैंने उन सभी को मार डाला और अपने बछड़े को वहाँ से उठा लाया।"

"पुत्र! यह तुमने क्या किया।" उन्होंने आश्चर्यचकित होकर कहा, "ब्राह्मण का कार्य क्षमा करना होता है, न कि लोगों को मारना।"

"पिताजी! उन्होंने अपराध किया था, मैंने उसका दंड दे दिया।" परशुराम ने कहा।

फिर दोनों पिता-पुत्र गाय के समीप पहुँचे और बछड़े को उसकी माँ को सौंपते हुए बोले, "यह लो तुम्हारा बछड़ा! हे गऊमाता, हम तुम्हारा बछड़ा ले आए हैं।"

बछड़े को पाकर गाय भी खुश हो गई और स्नेहपूर्वक उसे चाटने लगी।

कुछ दिनों पश्चात् पिता महर्षि जमदग्नि ने परशुराम से लकड़ियाँ लाने के लिए कहा तो परशुराम अपने पिता की आज्ञा मानते हुए बोले, "पिताजी! मैं अभी जंगल से लकड़ियाँ काटकर ले आता हूँ, आप चिंता न करें।"

"ठीक है पुत्र! जल्दी आना।"

"जो आज्ञा पिताश्री!" इतना कहकर परशुराम अपनी कुल्हाड़ी उठाकर जंगल की ओर बढ़ने लगे।

उधर कार्तवीर्य अर्जुन के यहाँ पर उसके मरने का शोक मनाया जा रहा था। उसके पुत्र अपने बलवान पिता की मृत्यु से बहुत दुःखी हो रहे थे।

उन्होंने सोचा कि हमारे पिता से ज्यादा वीर परशुराम ही है। अवश्य ही उसी ने हमारे पिता का वध किया होगा और वही उस बछड़े को भी अपने साथ ले गया होगा। तभी अर्जुन का दूसरा पुत्र क्रोधित होकर बोला, "यह परशुराम का ही काम है। उसके अलावा और कोई हमारे पिता की हत्या नहीं कर सकता, मुझे उसी पर संदेह है।"

"आप ठीक कहते हैं भैया! यह काम परशुराम का ही हो सकता है।" दूसरे पुत्र ने कहा।

"हम परशुराम से अपने पिता की मौत का बदला अवश्य लेंगे भैया।" तीसरा पुत्र बोला।

"तुम ठीक कहते हो।" चौथे ने कहा, "चलो उसे खोजने चलते हैं।"

कार्तवीर्य अर्जुन के पाँचों पुत्र रथों पर सवार होकर महर्षि जमदग्नि के आश्रम की ओर चल पड़े। वहाँ उन्होंने देखा तो परशुराम उन्हें कहीं नजर नहीं आए, परंतु उनके पिता महर्षि जमदग्नि वहाँ पर समाधि लगाए बैठे हुए थे। उनकी दोनों आँखें बंद थीं।

अर्जुन के पुत्रों ने इधर-उधर दृष्टि दौड़ाई, फिर उनमें से एक बोला, "परशुराम तो यहाँ कहीं भी नजर नहीं आ रहा

है। शायद आश्रम से बाहर गया है।"

"मुझे भी यही लगता है।" दूसरे पुत्र ने कहा, "परंतु उसके पिता यहाँ समाधि में लीन हैं, क्यों न हम उन्हीं की हत्या कर डालें।"

"यह तुम क्या कह रहे हो, हम उनकी हत्या कैसे कर सकते हैं।" तीसरा पुत्र बोला।

"उसने भी तो हमारे पिता की हत्या की है, इसलिए हम उसके पिता की हत्या कर देते हैं।" चौथे पुत्र ने क्रोधवश कहा।

"तुमने बिल्कुल ठीक कहा है। अगर बेटा हाथ न लगे तो फिर उसके बाप को ही मार डालते हैं।" दूसरे पुत्र ने क्रोध में भरकर कहा।

यह विचार मन में आते ही कार्तवीर्य अर्जुन के पुत्रों ने समाधि पर बैठे हुए महर्षि जमदग्नि के ऊपर तीरों से वार करना आरंभ कर दिया और उन्हें वहीं पर मरता हुआ छोड़कर वे पाँचों अपने महल की ओर भाग निकले।

कुछ देर पश्चात् उनके भागते ही परशुराम लकड़ियाँ काटकर जंगल से वापस आ गए। जब वे अपने आश्रम के समीप पहुँचे तो उन्हें अपने पिता के कराहने का स्वर सुनाई पड़ा।

उनकी कराहट का स्वर सुनते ही उनके हाथ से लकड़ियों का गट्ठर छूटकर नीचे जा गिरा और वह दौड़ते

हुए अपने पिता के समीप पहुँचे। उन्होंने अपने पिता को बाँहों में भरते हुए दुःखी स्वर में पूछा, "पिताजी! बताइए आपकी यह हालत किसने की, मैं उन्हें जीवित नहीं छोड़ूँगा।"

"नहीं पुत्र! तुम किसी की हत्या नहीं करोगे, मैं तुम्हें कुछ नहीं बता सकता।"

"आप मुझे कुछ न बताइए, परंतु मैं जानता हूँ कि आपकी यह दशा किसने की है, मैं उन्हें मारकर इस धरती का बोझ कम कर दूँगा।" परशुराम एकाएक ही क्रोध से भर उठे।

"परंतु पुत्र! तुम किसकी बात कर रहे हो?" पिता ने कराहते हुए पूछा।

"मैं जानता हूँ पिताश्री! आपकी यह दशा अर्जुन के पुत्रों ने की है। अब मैं उनसे अवश्य ही आपकी मौत का बदला लूँगा।"

उसी समय उनके पिता की आत्मा उनकी देह को छोड़कर चली गई। वह अपने पुत्र को कुछ समझा भी नहीं पाए थे। पिता की मौत से परशुराम बड़े दुःखी हुए। वे सोच रहे थे कि अभी इसी समय जाकर उन सबको मृत्युदंड दें, परंतु पिता का शव सामने पड़ा हुआ था और पहले उसका अंतिम संस्कार करना था।

यह सोचकर परशुराम रुक गए। पहले उन्होंने अपने पिता

का दाह-संस्कार किया। इस कार्य से निपटने के पश्चात् ही उन्होंने अपना परशु उठा लिया और अपनी प्रतिज्ञा को पूरी करने के लिए चल पड़े।

उन्होंने सबसे पहले कार्तवीर्य अर्जुन के पाँचों पुत्रों का वध कर डाला, फिर एक-एक करके सभी क्षत्रियों को मार डाला।

परशुराम विवेक खो बैठे थे। वे दुष्ट-सज्जन सभी क्षत्रियों को मार रहे थे।

एक दिन सोच-विचारकर धरती माता महर्षि कश्यप के पास जाकर बोली, "हे ऋषिश्रेष्ठ! आप तो ऋषियों में सबसे अधिक श्रेष्ठ माने जाते हैं। मैं यहाँ आपसे यह कहने आई हूँ कि अब परशुराम का प्रयोजन पूर्ण हो चुका है, मेरा भार भी उतर चुका है। अब आप जाकर उन्हें रोक दीजिए।"

"ठीक है! मैं उनके पूर्वजों की आत्माओं से इसकी विनती करूँगा।" कश्यप बोले।

महर्षि कश्यप ने फिर अपनी योग्यता के द्वारा ऋचीक की आत्मा को पुकारा, फिर उन्होंने अपनी योगमाया के द्वारा ऋचीक की आत्मा से कहा, "महर्षि परशुराम का कार्य संपन्न हो चुका है, यह अच्छी बात है। परशुराम अपने पूर्वजों का कहना अवश्य मानेगा, वह हमारी आज्ञा का पालन करेगा।"

जिस समय परशुराम ने क्षत्रियों की बाईसवीं पीढ़ी के

एक राजा पर प्रहार करने के लिए अपना परशु उठाया, तब उन्होंने कहा, "जब तक मेरी प्रतिज्ञा पूरी नहीं होगी, तब तक मेरे मन को शांति नहीं मिलेगी।"

इतना कहते ही उनके पूर्वज ऋचीक की आवाज सुनाई दी। उन्होंने कहा, "ठहरो राम! बस करो, अब बहुत हो चुका है। तुमने अनेक बार अपने पिता की मृत्यु का बदला ले लिया है। अब धरती माता भी दुष्ट क्षत्रियों के भार से मुक्त हो चुकी है, इसलिए तुम्हारा कार्य सिद्ध हो चुका है। अब बदले की भावना को त्याग दो।"

यह सुनकर परशुराम ने अपना परशु एक ओर रख दिया और ऋचीक की आत्मा को प्रणाम करते हुए कहा, "मुझे अपने पूर्वजों पर विश्वास है3 अर्थात् उनकी आज्ञा का पालन करना मेरा धर्म है। जैसा आपने कहा, मैं वैसा ही करूँगा।"

इसके पश्चात् परशुराम ने एक यज्ञ आरंभ किया और अपनी संपूर्ण संपत्ति ब्राह्मणों को दान में दे दी। जब उन्होंने अपनी सारी संपत्ति दान कर दी तो भरद्वाज ऋषि के पुत्र द्रोण उनके पास आकर बोले, "मैं आपको प्रणाम करता हूँ, क्या आपसे मुझे शस्त्रास्त्र तथा उनके रहस्यों की प्राप्ति होगी?"

उनकी बात सुनकर परशुराम कुछ देर खामोश रहे, फिर बोले, "हे वत्स! तुम देर से आए हो। अब तो मेरे पास बस

मेरा शरीर और अस्त्र-शस्त्र ही बचे हैं, इनमें से जो भी तुम्हारी इच्छा हो, अपने साथ ले जाओ।"

परशुराम ने द्रोण को अपने अस्त्र-शस्त्र देकर उन्हें उनका उपयोग करना व उनके रहस्य को भी समझाया। द्रोण को अपने सभी अस्त्र-शस्त्र देकर परशुराम संसार से मुक्त हो गए और कठोर तपस्या करने के लिए चले गए।

परशुराम को अरब सागर तथा पश्चिम घाट तक के भू-भाग के संरक्षक देवता के रूप में जाना जाता है। इस क्षेत्र के अधिकतर लोगों का मानना है कि यह भूमि परशुराम ने अपनी परशु नामक आग्नेय कुल्हाड़ी के बल से समुद्र से प्राप्त की थी।"

❑

5

विभीषण

प्रभु श्रीराम के मित्र-विभीषण

बहुत समय पहले की घटना है, महर्षि विश्रवा बहुत बड़े तपस्वी थे। संयोग से उनका दिल असुर-कन्या कैकसी पर आ गया और इसी संयोग से उनके तीन पुत्र हुए।

उन तीनों पुत्रों के नाम रावण, कुंभकर्ण और सबसे छोटे पुत्र का नाम विभीषण था। बचपन से ही विभीषण की धर्माचरण में काफी रुचि थी, वे भगवान् श्रीराम के बहुत बड़े भक्त थे।

इन तीनों भाइयों रावण, कुंभकर्ण और विभीषण ने मिलकर बहुत दिनों तक कठोर तपस्या करके श्रीब्रह्मा को प्रसन्न किया, तब ब्रह्माजी ने पूछा, "वत्स! माँगो क्या वर माँगना चाहते हो, हम तुम तीनों भाइयों की भक्ति से अति प्रसन्न हैं।"

तब रावण ने अपने महत्त्वाकांक्षी स्वभाव के अनुसार

ब्रह्माजी से त्रैलोक्य-विजयी होने का वरदान माँगा और ब्रह्माजी ने तथास्तु कह दिया।

उसके बाद कुंभकर्ण ने छह महीने की नींद का वरदान माँगा और यह वरदान उसे मिला।

जब तीसरे की वर माँगने की बारी आई तो विभीषण ने उनसे भगवद्-भक्ति की याचना की।

तीनों भाइयों को यथायोग्य वरदान देकर ब्रह्माजी अपने लोक पधारे।

जिस समय रावण तपस्या करके वापस लौटा तो उसने सबसे पहले अपने सौतेले भाई कुबेर से सोने की लंकापुरी को छीनकर उसे अपनी राजधानी बनाया और ब्रह्मा के वरदान के प्रभाव से त्रैलोक्य-विजयी बना। इस प्रकार वह काफी अहंकारी हो गया।

ब्रह्माजी की सृष्टि में जितने भी शरीरधारी प्राणी थे, सभी रावण के वश में हो गए थे। विभीषण भी रावण के साथ लंका में रहने लगे। परंतु उन्हें रावण के अत्याचार से घृणा थी।

जिस समय रावण ने सीता का हरण किया तो यह बात विभीषण को भी मालूम हुई। रावण की यह ओछी हरकत उसे जरा भी पसंद नहीं आई। इसलिए वह रावण के कक्ष की ओर उसे सद्बुद्धि देने के लिए गया।

"आओ विभीषण! इस समय हमारे कक्ष में कैसे आना हुआ?" रावण ने पूछा।

"भ्राताश्री! यह मैं क्या सुन रहा हूँ कि आपने श्रीराम की पत्नी सीता का हरण किया है?" विभीषण ने आश्चर्यचकित होकर पूछा।

"तुमने जो कुछ भी सुना है, बिल्कुल सही सुना है, विभीषण!" वह बोला।

"यह तुमने ठीक नहीं किया भ्राताश्री। किसी परायी स्त्री का हरण करना बहुत बड़ा पाप है।" विभीषण ने उसे समझाया।

"क्या पाप और क्या पुण्य, हम यह नहीं जानते। हम तो केवल इतना जानते हैं कि सीता एक परम सुंदरी स्त्री है और हम उसे अपनी रानी बनाना चाहते हैं।" रावण ने कहा।

"यह महापाप है भ्राताश्री। मेरी बात मानिए, अब भी समय है, आप सीता को श्रीराम को वापस लौटाकर उनसे क्षमा माँग लीजिए, वरना बहुत बड़ा अनर्थ हो जाएगा।"

"कैसा अनर्थ हो जाएगा।" रावण दहाड़कर बोला, "तुम उस वनवासी राम से हमें क्षमा माँगने की सलाह देने के लिए यहाँ आए हो!"

"नहीं भ्राताश्री! मैं तो आपको इस बात से बचाने की चेष्टा कर रहा हूँ कि कहीं कोई अनर्थ न हो।" विभीषण ने विनम्रतापूर्वक कहा।

"तुम यह बार-बार किस अनर्थ की बात कर रहे हो, विभीषण?"

"भ्राताश्री! आप श्रीराम की शक्ति को नहीं जानते। यदि वह यहाँ पहुँच गए तो पूरी लंका में एक भी राक्षस नहीं बचेगा, सब मारे जाएँगे।" विभीषण ने रावण को समझाया।

विभीषण की बात सुनकर रावण उपहास उड़ाने वाले अंदाज में हँसा और बोला, "तुम क्या समझते हो कि वह वनवासी इतना बड़ा समुद्र पार करके लंकापुरी पहुँच जाएगा। उसे तो इस बात की भनक तक नहीं होगी कि इस समय सीता लंका में पहुँच चुकी है।"

"भ्राताश्री! श्रीराम अंतर्यामी हैं, वे हर बात का पता सरलता से लगा सकते हैं, इसलिए मेरी बात मानिए और उनकी पत्नी सीता को सम्मान सहित वापस लौटा दीजिए।"

"विभीषण!" रावण क्रोध से दहाड़ा, "यह तुम क्या अनाप-शनाप बोले जा रहे हो।"

"भ्राताश्री! मैं सच कह रहा हूँ, यदि श्रीराम यहाँ पहुँच गए तो पूरी लंका में कोई नहीं बचेगा। हम सब मारे जाएँगे।"

"शायद तुम्हें हमारी शक्ति का अनुमान नहीं है। हमने त्रैलोक्य जीता है, इसलिए मुझसे कोई भी नहीं जीत सकता।" रावण दहाड़कर बोला, "तुम बेकार की बातों में समय नष्ट मत करो और अपने कक्ष में जाकर आराम करो।"

"परंतु भ्राताश्री! आपको इतनी कठिन स्थिति में छोड़कर मैं आराम कैसे कर सकता हूँ।" विभीषण ने विनम्रतापूर्वक कहा।

"तुम चिंता मत करो, विभीषण! वनवासी राम इतना बड़ा समुद्र लाँघकर लंका में प्रवेश नहीं कर पाएगा। और अगर आ भी गया तो हमारे राक्षस उसे अपना भोजन बना लेंगे।"

इतना कहकर रावण ने ठहाका लगाया, जैसे वह किसी का मजाक उड़ा रहा हो।

कुछ क्षणों तक विभीषण उसी मुद्रा में चुपचाप खड़े रहे, फिर विनम्र स्वर में कहने लगे–

"भ्राताश्री! शायद भूल रहे हैं कि आप एक श्राप से ग्रस्त हैं।"

"कैसा श्राप?"

"वही श्राप, जो आपको उस अबला स्त्री ने दिया था, जिसे आप उसकी इच्छा के बिना हरण करके लंका लाने की चेष्टा कर रहे थे, तब उसने आपको श्राप दिया था कि आपकी मृत्यु का कारण भी एक स्त्री होगी।" विभीषण ने याद दिलाया।

"तुम्हारा कहने का तात्पर्य कहीं यह तो नहीं कि वह स्त्री सीता है।" रावण ने कहा और ठहाका मारकर हँसा।

"मेरे कहने का यही तात्पर्य है, भ्राताश्री! मुझे पूरा अनुमान है कि वह स्त्री सीता ही हो सकती है, इसलिए अब भी समय है, आप उसे श्रीराम को लौटा दें।"

"तुम्हारी बुद्धि तो नहीं फिर गई है, विभीषण!" रावण क्रोध से दहाड़ा, "वो वनवासी हमारा कुछ नहीं बिगाड़ सकता, इसलिए तुम जाकर अपने कक्ष में विश्राम करो और अपनी व्यर्थ की बातों से हमारा समय नष्ट मत करो।"

विभीषण ने इस प्रकार रावण को समझाने की बहुत चेष्टा की और उसे सीताजी को लौटने की भी सलाह दी, परंतु रावण ने उसकी किसी बात पर कोई ध्यान नहीं दिया।

निराश होकर विभीषण वहाँ से चला आया और अपने कक्ष में आकर गंभीरता से सोचने लगा।

हनुमानजी से भेंट

हनुमानजी ने पूरी लंका का भ्रमण किया और रावण का महल भी देखा, मगर वहाँ कहीं भी उन्हें सीताजी दिखाई नहीं दीं। तब वे दूसरे महलों की तरफ बढ़ने लगे। एक महल के निकट पहुँचकर हनुमानजी प्रसन्नता से भर उठे। उन्हें रात भक्त विभीषण वहाँ श्रीराम की आराधना करते मिले। दोनों के बीच रामभक्ति की चर्चा हुई, फिर हनुमान ने अपने आने का कारण बताया।

"माता सीता आपको रावण के महल में नहीं मिलेंगी।" विभीषण ने कहा।

"तो फिर कहाँ मिलेंगी?"

"वे तुम्हें अशोक वाटिका में मिलेंगी। जब से आई हैं, वहीं निवास करती हैं।"

"क्या आप मुझे अशोक वाटिका का मार्ग बता सकते हैं, श्रीमान?"

"अवश्य बता सकता हूँ।" विभीषण ने हनुमान को अशोक वाटिका का पता बता दिया।

"आपको बहुत-बहुत धन्यवाद श्रीमान!" हनुमानजी ने अपने दोनों हाथ जोड़कर कहा।

उसके बाद हनुमान अशोक वाटिका की ओर जाने के लिए मुड़े तो विभीषण ने कहा, "रुकिए श्रीमान! अशोक वाटिका में भयंकर राक्षसियों का पहरा है, इसलिए आप वहाँ सावधानीपूर्वक जाएँ, अन्यथा वे आपको बंदी बना लेंगी।"

"आप निश्चिंत रहें, विभीषणजी। जिनके साथ श्रीराम का नाम होता है, उसका कोई भी शक्ति कुछ नहीं बिगाड़ सकती।"

हनुमानजी की बात सुनकर विभीषण की निद्रा भंग हो गई थी। दो राम-भक्तों का परस्पर मिलन हुआ। श्रीहनुमान के दर्शन पाकर विभीषण भावविभोर हो गए थे। उन्हें ऐसा

प्रतीत हुआ कि श्रीरामदूत के रूप में श्रीराम ने ही उन्हें दर्शन देकर कृतार्थ किया है।

विभीषण का श्रीराम की शरण में आना

श्रीराम सहित सभी बैठकर समुद्र पार करने की कोई युक्ति सोच रहे थे कि तभी लक्ष्मणजी की दृष्टि आकाश की ओर उठी तो उन्होंने कुछ राक्षसों को उड़कर समुद्र के इस पार आते हुए देखा। वे चौंक पड़े और बोले, "वह देखो भैया राक्षस।"

"यह राक्षस हमारी ओर किसलिए आ रहे हैं?" श्रीराम ने चिंतित स्वर में पूछा।

"भैया! मुझे तो लगता है कि यह हम पर आक्रमण करने आ रहे हैं।"

तब तक वायु मार्ग से आते विभीषण भी अपने सचिवों सहित नीचे उतर आए थे। प्रभु श्रीराम के निकट आकर उन्होंने अपने दोनों हाथ जोड़ते हुए प्रणाम किया और बोले, "हे नाथ! मैं आपके चरण-कमलों का दास और रावण का छोटा भाई विभीषण हूँ।" विभीषण ने अपना परिचय दिया।

"मैं जानता हूँ।" श्रीराम मुसकराए, "हनुमानजी ने तुम्हारा परिचय मुझे पहले ही बता दिया है।"

"हनुमान से मेरी भेंट लंकापुरी में हुई थी, प्रभु!" विभीषण ने बताया।

"तुमसे मिलकर हार्दिक प्रसन्नता का अनुभव हो रहा है, विभीषण!" श्रीराम बोले।

"मैं भी आपके दर्शन पाकर कृतज्ञ हो गया, प्रभु!" विभीषण ने कहा।

"मेरे पास आने का क्या कारण हो सकता है, विभीषण!" श्रीराम ने पूछा।

"प्रभु! मैंने अपने भ्राता रावण को बहुत समझाया कि वह अनीति छोड़कर सीताजी को सम्मान सहित आपको लौटाकर क्षमा-याचना कर ले।"

"फिर उसने क्या कहा विभीषण!" श्रीराम ने पूछा, "क्या उसने तुम्हारी बात मानी?"

"नहीं प्रभु! उस दुर्बुद्धि ने मेरी बात नहीं मानी।" विभीषण ने दुःखी होकर कहा, "मैंने तो यह भी कहा था कि कृपालु प्रभु तुम्हें क्षमा कर देंगे।"

"मित्र! अगर तुम रावण को छोड़कर मेरी शरण में आए हो तो तुम्हारा स्वागत है।" श्रीराम ने आगे बढ़कर विभीषण को गले से लगा लिया।

विभीषण बोला, "हे धर्मात्मन्! मैं यह जानकर आपकी शरण में आया हूँ कि आप शरणागतवत्सल हैं, इसलिए आप ही को मेरा उद्धार करना पड़ेगा।"

विभीषण के दीन वचन सुनकर श्रीरामचंद्रजी ने एक

बार फिर से उन्हें अपने गले से लगा लिया और विनम्र स्वर में बोले, "हे विभीषण! मैंने तुम्हें स्वीकार किया है, अब मैं तुमसे एक बात जानना चाहूँगा।"

"अवश्य प्रभु! पूछिए आप मुझसे क्या जानना चाहते हैं?" विभीषण ने कहा।

"पहले आप थोड़ा-सा विश्राम कर लीजिए, फिर हम दोनों वार्त्तालाप करेंगे।"

कुछ देर विश्राम करने के पश्चात् विभीषण ने दोनों हाथ जोड़कर कहा, "कहिए प्रभु! मैं आपकी क्या सेवा कर सकता हूँ। मैं आपके हर प्रश्न का उत्तर देने के लिए तैयार हूँ।"

"मित्र विभीषण! मैं चाहता हूँ कि तुम मुझे राक्षसों का बलाबल बताओ।"

श्रीराम का प्रश्न सुनने के बाद एक क्षण के लिए विभीषण खामोश रहे, फिर बोले, "हे दशरथनंदन! ब्रह्मा से वर पाकर दशमुख रावण देव, दानव, किन्नर आदि सभी से अवध्य हो गया है। वह त्रैलोक्य-विजेता बन चुका है।"

विभीषण के मुख से लंका के वीरों की शौर्यगाथा सुनकर कुछ क्षण तक तो श्रीरामचंद्र गंभीरतापूर्वक सोचते रहे, फिर बोले, "हे विभीषण! इन सभी बातों को मैं पहले से ही जानता हूँ। फिर भी तुम्हारा बहुत-बहुत धन्यवाद कि तुमने मुझे इतनी जानकारी दी।"

कुछ ही समय में लक्ष्मण समुद्र का जल ले आए। समुद्र के जल से ही श्रीराम ने विभीषण का राज्याभिषेक किया और उसे लंका का राजा घोषित कर दिया।

सभी वानर, रीछ आदि भी श्रीराम की जय-जयकार करने लगे। देवताओं ने भी आकाश से पुष्प-वर्षा की। महाराज सुग्रीव भी विभीषण की ओर से संतुष्ट हो चुके थे। अब उनके मन में किसी तरह का कोई संदेह नहीं था।

श्रीराम-रावण युद्ध टल न सका। नल-नील, अंगद, हनुमान, विभीषण, उनके अनुचरों जामवंत तथा अन्य की सहायता से समुद्र पर सेतु-निर्माण हुआ, जिस पर गुजरकर राम की सेना लंकापुरी पहुँची।

रावण की सेना मैदान में आ डटी। भीषण संग्राम आरंभ हुआ। श्रीराम और लक्ष्मण के तीरों के सामने रावण की राक्षस सेना टिक नहीं पा रही थी। रावण की सेना का संहार होने लगा था। रावण सेना के बड़े-बड़े सूरमा मृत्यु को प्राप्त हो रहे थे। कुंभकर्ण और मेघनाद का भी वध हो चुका था।

पर श्रीराम के तीरों से रावण का वध होना असंभव हो गया था। श्रीराम के तीर से रावण का सिर कटता, पर अट्टहास करता हुआ वह फिर आ जुड़ता। उसे त्रैलोक्य-विजयी होने का ब्रह्माजी से वरदान दे रखा था।

श्रीराम चिंतित हुए। रावण-वध के बिना न तो माता

सीता को मुक्त कराया जा सकता था, न ही विभीषण को लंका का राजसिंहासन दिलाने का वचन पूरा कर सकते थे। श्रीराम को चिंतित देख अंततः विभीषण को ध्यान आया कि रावण की नाभि में अमृत-कुंड है। जब तक अमृत-कुंड नहीं सूखता, तब तक रावण को कोई शक्ति नहीं मार सकती थी।

जिस समय यह राम-रावण संग्राम हो रहा था। विभीषण ने श्रीराम के सामने पहुँचते ही उन्हें इशारा किया कि फौरन कमान पर तीर चढ़ाकर रावण की नाभि को लक्ष्य करें।

तीर लगते ही महाबली रावण चीत्कार करता हुआ धराशायी होकर मृत्यु के मुँह में जाने लगा।

उसने प्राण छोड़ने से पूर्व राम की ओर संतुष्टि-भाव से देखते हुए कहा, "धन्यभाग्य! मुझे साक्षात् प्रभु के हाथों सद्‌मुक्ति मिली। यह घड़ी मेरे लिए श्रीब्रह्माजी से त्रैलोक्य-विजयी होने का वरदान पाने से कहीं शुभ और संतोष भरी है।"

उसके पश्चात् उसने अपने भाई विभीषण की ओर देखकर कहा, "तेरा भी आभारी हूँ, भाई विभीषण। तूने मुझे सद्‌मुक्ति दिलाने में सहायता की। तू भगवान् के इतने निकट हो चुका है कि मैं आशीष देता हूँ, मेरी तपस्या के फल तुझे मिलें और तू चिरंजीवी हो।"

उसके बाद रावण ने प्राण त्याग दिए।

रावण-वध होते ही उसकी बची-खुची सेना ने भी हथियार डाल दिए।

अशोक वाटिका से सीता माँ की मुक्ति हुई।

श्रीराम ने वचनानुसार विभीषण को लंका का नरेश बनाया और उसे अमर होने का वरदान दिया।

विभीषण श्रीराम, सीता, लक्ष्मण को अश्रुपूरित नेत्रों से विदा देने समुद्र पार तक आया। फिर श्रीराम के कहने पर वह लंका का राजपाट सँभालने लौट पड़ा।

विभीषण ने लंका पर लंबे समय तक राज्य किया। चिरंजीवी होने का वरदान प्राप्त विभीषण आज भी इस धरती पर विद्यमान है। वह सात चिरंजीवियों में से एक है।

❑

6

राजा बलि

प्राचीन समय की बात है, जब भगवान् ने अदिति के गर्भ में जन्म लिया था। उस समय चंद्रमा श्रवण नक्षत्र पर थे। भाद्रपद मास के शुक्ल पक्ष की द्वादशी थी। भगवान् का जन्म अभिजित मुहूर्त में हुआ था।

उनके जन्म को सभी ने मंगलमय बताया था। उस द्वादशी को विजय द्वादशी के नाम से जाना जाता है। भगवान् के जन्म के समय मंगलगान गाए जाने लगे। वह दोपहर का समय था। आकाश से पुष्पवर्षा होने लगी। गंधर्व और अप्सरा नृत्य करने लगे। शंख, ढोल, मृदंग और मंजीरे बजाए जाने लगे।

महर्षि कश्यप ने भगवान् को अपनी योगमाया से शरीर धारण करते हुए देखा तो वे विस्मय से आनंदित हो उठे। अदिति तो अपने पुत्र को देखकर धन्य हो उठी। कुछ ही समय में भगवान् ने वामन ब्रह्मचारी का रूप धारण कर लिया। उनके उस अद्‌भुत रूप को देखकर सभी उनकी जय-जयकार कर उठे।

महर्षियों ने उनके सभी जातकर्म संस्कार करवाए। जब उनका उपनयन संस्कार होने लगा तो गायत्री के अधिष्ठाता सविता ने स्वयं उन्हें गायत्री का उपदेश दिया। देवगुरु बृहस्पति ने यज्ञोपवीत दिया और महर्षि कश्यप ने उनकी कटि में मेखला बाँधी। पृथ्वी ने उन्हें कृष्ण-मृग का चर्म, चंद्रमा ने दंड, माता अदिति ने कौपीन, कटिवस्त्र एवं आकाश ने छत्र प्रदान किया। ब्रह्मा ने कमंडलु, सप्तर्षियों ने कुश और सरस्वती ने रुद्राक्ष की माला समर्पित की। यक्षों के राजा कुबेर ने उन्हें भिक्षा पात्र तथा भगवती उमा ने उन्हें शिक्षा दी। उसके पश्चात् बटुवेषधारी भगवान् ने हवन किया।

उसी समय उनसे कहा गया कि दैत्यराज बलि भृगुवंशी ब्राह्मणों के आदेशानुसार 'अश्वमेध यज्ञ' कर रहे हैं। उन्हें वहाँ जाना चाहिए। भगवान् वामन ने तत्काल वहाँ की यात्रा की। नर्मदा नदी के उत्तरी तट पर 'भृगुकच्छ' नाम का एक सुंदर स्थान है। वहीं पर भृगुवंशी ब्राह्मण राजा बलि से अश्वमेध यज्ञ करवा रहे थे। यहाँ पर यह जान लेना आवश्यक है कि राजा बलि भक्त प्रह्लाद के पौत्र थे और उन्हीं के कहने पर यज्ञ कर रहे थे।

राजा बलि यद्यपि असुर थे और मूल रूप से ब्राह्मण तथा भगवान्-विरोधी थे, लेकिन यह जानते थे कि ब्राह्मण ों के पास रहस्यमय विद्याएँ हैं तथा वे नीतिशास्त्र में पारंगत हैं। वे ही उनकी रक्षा कर सकते हैं तथा उन्हें देवराज इंद्र की दासता से मुक्ति दिला सकते हैं, क्योंकि पराधीनता में

कभी कोई सुख नहीं होता। अतः उन्होंने भृगुवंशीय ब्राह्मणों की बड़ी सेवा की और उन्हें प्रत्येक प्रकार से संतुष्ट करके अनेक विद्याएँ सीखीं तथा सैनिक शक्ति के रहस्य ज्ञात करके बहुत शक्तिशाली व अटूट सामर्थ्यवान हो गए। उन्होंने अवसर मिलते ही पुनः देवराज इंद्र पर चढ़ाई कर दी और उन्हें परास्त कर दिया।

देवराज इंद्र भागे-भागे विष्णु भगवान् के पास गए और रक्षा की गुहार लगाई, लेकिन विष्णु भगवान् ने कहा, "देवराज! राजा बलि विद्वान् हैं तथा कूटनीति द्वारा ब्राह्मणों की सेवा तथा आराधना करके बहुत शक्तिशाली हो गए हैं। तुम उन्हें किसी प्रकार भी नहीं हरा सकोगे। इसलिए अच्छा यही है कि तुम स्वर्ग छोड़कर कहीं और चले जाओ।" बेचारे देवता क्या करें, विष्णुजी ने भी उनकी प्रार्थना नहीं सुनी। आखिर वे सब स्वर्ग से पलायन कर गए और इधर-उधर जाकर छिप गए।

देवताओं की माता अदिति से यह सब नहीं देखा गया। वे अत्यंत दुःखी हुईं तथा अपने पति ऋषि कश्यप से अपने पुत्रों की रक्षा के लिए प्रार्थना की। ऋषि बोले, "देवी अदिति! राजा बलि इस समय अत्यंत शक्शिाली हैं, उन्हें देवता नहीं हरा सकते। स्वर्ग को वापस पाने के लिए देवताओं को संयमपूर्वक, सब भोगों का त्याग करते हुए भगवान् नारायण की प्रार्थना करनी होगी, ताकि वे असुरों से भी अधिक शक्ति-संपन्न हो सकें। तब वही भगवान् नारायण उनकी रक्षा करेंगे।"

देवताओं की माँ अदिति ने देवताओं के साथ-साथ स्वयं भी तपस्या करनी प्रारंभ की। उन्होंने अनेक यज्ञ किए तथा व्रत रखे। फलस्वरूप भगवान् स्वयं पुत्र के रूप में उनके यहाँ पैदा हुए। उनका कद बहुत छोटा था, इसलिए वे वामन अवतार कहलाए। पैदा होते ही उन्होंने माता अदिति को उनके कष्ट को दूर करने का आश्वासन दिया।

बड़े होने पर भगवान् वामन ब्राह्मण बनकर राजा बलि के पास गए।

जब उन लोगों ने दूर से भगवान् वामन को आते हुए देखा तो ऐसा प्रतीत होने लगा कि जैसे उस ओर सूर्योदय हुआ हो। उनके तेज से वहाँ बैठे सभी ब्राह्मण, यजमान और अन्य लोग निस्तेज हो गए। उन्हें लगा कि जैसे यज्ञ देखने के लिए स्वयं सूर्यदेव, अग्नि और सनतकुमार चले आ रहे हों। भृगुपुत्र शुक्राचार्य भी ऐसी ही कल्पना करने लगे।

उसी समय हाथ में छत्र-दंड और जल से भरा हुआ कमंडलु लेकर ब्राह्मण वेश में ब्रह्मचारी भगवान् ने जब वहाँ प्रवेश किया तो सभी आदर के साथ एकाएक उठ खड़े हुए। उन्होंने भगवान् वामन का आदर-सत्कार किया और उन्हें आसन प्रदान किया।

दैत्यराज बलि ने उनसे कहा, “ब्राह्मण कुमार! मैं आपका स्वागत करता हूँ और आपको नमन करता हूँ। आज्ञा दीजिए, मैं आपकी क्या सेवा करूँ?”

आपको देखकर मुझे ऐसा प्रतीत हो रहा है, जैसे ब्रह्मर्षियों की तपस्या ही मूर्तिमान होकर यहाँ आई हो। आज आप मेरे घर आए, इससे मेरा वंश पवित्र हो गया और मेरे पितर तृप्त हो गए। मेरा यह यज्ञ भी सफल हो गया।

हे ब्राह्मण कुमार! आपके पाँव पकड़ने से मेरे सारे पाप नष्ट हो गए। विधिपूर्वक यज्ञ करने से जिस फल की प्राप्ति होती है, वह मुझे अनायास ही प्राप्त हो गया। मुझे आज ऐसा प्रतीत हो रहा है कि आप किसी इच्छा से ही यहाँ पधारे हैं। आप जो चाहते हैं, वह मैं आपको दूँगा। गाय, सोना, चाँदी, सुसज्जित घर, पवित्र अन्न, पीने का जल, सोमरस, विवाह हेतु कुमारी कन्या, संपत्तियों से भरे गाँव, घोड़े, हाथी एवं जो कुछ भी आप चाहते हैं, माँग लीजिए। मैं आपको बिना किसी हिचकिचाहट के वह सब दूँगा, जिसकी आप इच्छा करते हैं। माँगने पर मैं अपने वचन से पीछे नहीं हटूँगा, आप चाहें तो तीनों लोकों की संपदा भी मैं आपको दे सकता हूँ।"

भगवान् वामन द्वारा तीन पग भूमि माँगना

राजा बलि के वचन धर्म के भाव से पूर्ण थे और मधुर भी। भगवान् वामन ने मुसकराकर उसका अभिनंदन किया।

भगवान् बोले, "राजन! आपने जो कहा था, वह आपकी कुल-परंपरा के अनुकूल है, धर्म-भाव से भरा है, मधुर और आपके यश को बढ़ाने वाला है। आपकी वंश-परंपरा में कोई

कृपण और धैर्यहीन नहीं रहा। भृगुपुत्र शुक्राचार्य जिसके गुरु हों और प्रह्लाद जैसे भक्त पितामह हों, उससे ऐसे ही मधुर वचनों की आशा की जा सकती है।

"आपकी वंश-परंपरा में वचन देकर पीछे हटने वाले लोग नहीं हैं और दान देना तो उनका परमधर्म रहा है। शत्रु की ललकार पर पीठ दिखाने वाले कायर भी आपकी वंश-परंपरा में नहीं हैं। आपके कुल में हिरण्याक्ष जैसे वीर और प्रह्लाद जैसे धैर्यवान राजा हुए हैं।

"हे दैत्यराज! आप तो मुँहमाँगी वस्तु देने वालों में सर्वश्रेष्ठ हैं। इसीलिए मैं आपसे इस पृथ्वी पर अपने पैरों की तीन पग भूमि माँगता हूँ। इससे अधिक की मेरी चाहना नहीं है। विद्वान् पुरुष को अपनी आवश्यकता के अनुसार ही दान ग्रहण करना चाहिए। इससे वह दान माँगने के पाप से भी बच जाता है।"

राजा बलि ने कहा, "ब्राह्मण कुमार! आपकी बातें तो वृद्धजन जैसी हैं, लेकिन आपकी बुद्धि बच्चों जैसी है। मैं तीनों लोकों का एकमात्र अधिपति हूँ। तुम चाहो तो मैं तुम्हें यह सारी पृथ्वी दान में दे सकता हूँ। तुमने मुझे अपने वचनों से प्रसन्न किया है। तुमने माँगा भी तो क्या माँगा-केवल तीन पग भूमि! हे ब्राह्मण पुत्र! मेरे पास जो एक बार माँगने आ गया, उसे फिर कहीं जाकर माँगने की आवश्यकता नहीं पड़ती। तीन पग भूमि को लेकर तुम क्या करोगे? अपनी

जीविका चलाने के लिए तुम्हें जितनी भूमि चाहिए, मुझसे माँग सकते हो।"

भगवान् वामन ने कहा, "राजन! संसार के समस्त विषय मनुष्य की कामनाओं को पूर्ण करने में असमर्थ हैं। अगर व्यक्ति संतोषी हो तो उसे तीन पग भूमि ही बहुत है, अन्यथा असंतोषी व्यक्ति को कितना भी दे डालो, उसकी इच्छा कभी पूरी नहीं होती।"

"माँगो, तुम क्या माँगना चाहते हो ब्राह्मण कुमार!" राजा बलि बोले।

भगवान् वामन बोले, "मनुष्य के मन में अधिक-से-अधिक पाने की लालसा हमेशा बनी रहती है। मैंने सुना है कि पृथु और गय आदि नरेश सातों द्वीपों के अधिपति थे, परंतु इतना मिलने पर भी वे अपनी तृष्णा पर नियंत्रण नहीं रख सके थे, इसलिए उन्हें अनेक दुःख भोगने पड़े।

"राजन! जो व्यक्ति भाग्य से मिल जाने वाले पदार्थों पर संतुष्ट हो जाता है, वह अपना जीवन सुख से व्यतीत करता है। इसके विपरीत अपनी इच्छाओं पर नियंत्रण न करने वाले व्यक्ति को अगर तीनों लोकों का राज्य भी दे दिया जाए, तो भी वह दुःखी ही रहता है। असंतोष की आग मनुष्य को निरंतर रसातल की ओर ले जाती है। वह उसे तब तक जलाती है, जब तक उसकी इच्छाओं का अंत नहीं हो जाता। धन और भोगों से संतोष न होना ही जीवन-मृत्यु के चक्र में फँसना है।

"भाग्य से जो मिल जाए, उस पर सब्र करने वाला व्यक्ति ही मुक्ति को प्राप्त करने वाला होता है। जो ब्राह्मण स्वयं के द्वारा उपार्जित वस्तुओं से संतुष्ट रहता है, उसके तेज में वृद्धि होती है। इसके विपरीत जो संतुष्ट नहीं रहता, वह नष्ट हो जाता है। दैत्यराज! मेरे लिए तीन पग भूमि ही काफी है।"

भगवान् के इस प्रकार कहने पर राजा बलि हँसने लगे और बोले, "अच्छी बात है, जितनी तुम्हारी इच्छा हो, उतनी ही ले लो, ब्राह्मण कुमार!"

यह कहकर राजा बलि ने संकल्प करने के लिए जल का पात्र उठाया। शुक्राचार्य तो आत्मदर्शी थे, वे भगवान् को पहचान गए। शुक्राचार्य ने तुरंत दैत्यराज बलि को रोका, "विरोचन कुमार! तू इन्हें नहीं जानता। ये स्वयं अविनाशी भगवान् विष्णु हैं। देवताओं का स्वार्थ पूरा करने के लिए ही इन्होंने यह अवतार ग्रहण किया है। महर्षि कश्यप की पत्नी अदिति की कोख से इनका जन्म हुआ है। तुमने बिना सोचे-समझे दान का संकल्प कर लिया।"

"यह आप क्या कह रहे हैं?" राजा बलि ने आश्चर्य से शुक्राचार्य की ओर देखा।

"मूर्ख! यह तेरा सबकुछ छीन लेंगे। दैत्यों पर यह अन्याय होगा। यह ठीक नहीं होगा। ये तुमसे सबकुछ छीनकर इंद्र को वापस कर देंगे। यह विश्वरूप भगवान् हैं।

तीन पगों में ये तेरे तीनों लोकों को नाप देंगे, फिर तुम्हारा क्या होगा।

"गौ-ब्राह्मण के हित के लिए और किसी को मृत्यु से बचाने के लिए असत्य कहने में कोई निंदा नहीं है। अतः इस दान को देने में अपनी असमर्थता प्रकट कर दो।"

दो पग में पृथ्वी व स्वर्ग नापना

जब कुलगुरु शुक्राचार्य ने इस प्रकार कहा, तब बलि बोले, "गुरुदेव! आपका कथन सत्य है। गृहस्थाश्रम में रहने वालों के लिए वही धर्म श्रेष्ठ है, जिससे अर्थ, काम, यश और आजीविका में किसी प्रकार की बाधा न आए। परंतु गुरुदेव, प्रह्लाद का पौत्र अपनी प्रतिज्ञा और संकल्प से पीछे नहीं हट सकता।

"मेरे लिए तो इतना ही काफी है कि स्वयं भगवान् याचक बनकर मेरे द्वार पर आए हैं। अगर मेरे अपराध न करने पर भी ये मुझे अधर्मपूर्वक बाँध लेंगे, तब भी मैं इनका विरोध नहीं करूँगा, क्योंकि मेरे शत्रु होने पर भी इन्होंने भयभीत होकर ब्राह्मण का शरीर धारण किया है। यदि ये पवित्र कीर्ति भगवान् विष्णु ही हैं तो ये अपना यश कदापि नहीं खोना चाहेंगे। ये मुझे मारकर भी पृथ्वी मुझसे छीन सकते हैं। अगर कोई अन्य हैं तो युद्ध में मेरे बाणों की चोट को कभी सह नहीं पाएँगे।"

जब शुक्राचार्य ने यह देखा कि उनका शिष्य उनकी कोई बात नहीं मान रहा है तो उन्होंने देव की प्रेरणा से बलि को श्राप दिया, "मूर्ख! तू अज्ञानी है, परंतु अपने आपको बहुत बड़ा पंडित मानता है। तू मेरी उपेक्षा करके अहंकार प्रदर्शित कर रहा है। तूने मेरी आज्ञा का उल्लंघन किया है, इसलिए तू अपना धन खो बैठेगा।"

राजा बलि बड़े महात्मा थे। गुरुदेव के श्राप देने पर भी वे सत्य से नहीं डिगे। उन्होंने वामन भगवान् की विधिपूर्वक पूजा की और हाथ में जल लेकर तीन पग भूमि देने का संकल्प कर लिया।

उसी क्षण राजा बलि की पत्नी विंध्यावली वहाँ आई। उसने वामन भगवान् के चरण पखारने के लिए जल से भरा स्वर्ण कलश वहाँ रख दिया। भगवान् वामन के चरणों को राजा बलि ने बड़ी श्रद्धा से धोया और उनके चरण अमृत को अपने सिर पर छिड़का। उस समय सभी गंधर्व राजा बलि के इस दिव्य कर्म की प्रशंसा करते हुए पुष्प-वर्षा करने लगे। वह सभी एक-दूसरे से कह रहे थे, "देखो तो यह कितना महान् राजा है, जिसने जान-बूझकर अपने शत्रु को तीनों लोकों को दान कर दिया है।"

उसी समय भगवान् वामन ने अपना आकार बढ़ाना शुरू कर दिया।

सर्वात्मा भगवान् में संपूर्ण जगत् को देखकर सबके सब दैत्य अत्यंत भयभीत हो गए। उसी समय भगवान् के सभी अस्त्र-शस्त्र और दिव्य पार्षद वहाँ एकत्र हो गए। भगवान्

की अद्‌भुत शोभा को देखकर सभी दैत्य उनकी स्तुति करने में लग गए।

उन्होंने अपने एक पग से बलि की पूरी पृथ्वी नाप दी। शरीर से आकाश और भुजाओं में सभी दिशाएँ घेर लीं।

दूसरे पग में उन्होंने स्वर्ग को नाप लिया। अब तीसरा पग रखने के लिए उन्होंने इधर-उधर देखा तो उन्हें राजा बलि की कोई वस्तु दिखाई नहीं दी। भगवान् का उठा हुआ पग ऊपर की ओर जाता हुआ महलोक, जनलोक तथा तपलोक से भी ऊपर सत्यलोक तक पहुँच गया।

राजा बलि का बाँधा जाना

भगवान् के चरण-कमलों में सत्यलोक में पहुँच जाने से उनकी नाखूनों की छटा के सामने सत्यलोक की आभा फीकी पड़ गई।

दैत्यों ने देखा कि भगवान् वामन ने दो पगों में तीनों लोक नाप लिये हैं, तो दैत्य लोग क्रोध में भरकर कहने लगे, "यह ब्राह्मण नहीं, मायावी विष्णु है। यह ब्राह्मण वेश में देवताओं का भला करने आया है। इसने हमारा सबकुछ ले लिया, इसने हमसे छल किया है। हमारे स्वामी तो सत्यनिष्ठ हैं, वे तो इससे कुछ कहेंगे नहीं। वे ब्राह्मणों के बड़े भक्त हैं। उनके मन में दया भी बहुत है। वे झूठ भी कभी नहीं बोल सकते। ऐसी स्थिति में हमें ही आगे आकर

इस छलिया विष्णु को मार डालना चाहिए। इससे हमारे राजा की सेवा भी हो जाएगी।"

यह सोचकर राजा बलि के अनुचरों ने अपने-अपने हथियार उठा लिए और राजा बलि की इच्छा के विरुद्ध भगवान् पर टूट पड़े।

जब विष्णु भगवान् के पार्षदों ने उन्हें आक्रमण की नीयत से आगे जाते हुए देखा तो उन्होंने भी अपने शस्त्र उठा लिये और फिर आगे बढ़कर उन्हें रोक दिया।

वे असुरों की सेना का संहार करने लगे। जब राजा बलि ने उन्हें लड़ते हुए देखा तो आगे बढ़कर उन्हें रोका। उन्होंने असुरों को गुस्से में फटकारते हुए कहा, "भाइयो! लड़ो मत, मेरी ओर देखो और वापस लौट जाओ। यह समय इस कार्य के लिए अनुकूल नहीं है। जो काल समस्त प्राणियों को सुख और दु:ख देने की सामर्थ्य रखता है, उसे दबाने की सामर्थ्य किसी में नहीं है।

"जो काल भगवान् हमारी उन्नति के कारण थे, अब वे ही देवताओं की उन्नति कर रहे हैं। काल पर विजय प्राप्त करना असंभव है। इस समय काल तुम्हारे विपरीत है। इसलिए भगवान् के पार्षद तुम्हें मारने में सफल हो रहे हैं। अनुकूल समय आने की तुम्हें प्रतीक्षा करनी चाहिए।"

अपने स्वामी की बात सुनकर दैत्य सेनापति रसातल में चले गए। उनके जाने के बाद भगवान् के संकेत पर पक्षीराज

गरुड़ ने 'वरुण पाश' से राजा बलि को बाँध लिया। उस दिन अश्वमेध यज्ञ में सोमपान होने वाला था। जब सर्वशक्तिमान भगवान् विष्णु ने राजा बलि को बँधवा लिया, तब तीनों लोकों में 'हाहाकार' मच गया। लोग उनके उदार यश का गान करने लगे।

उस समय भगवान् वामन ने राजा बलि को अपनी ओर संबोधित करके कहा, "राजन्! तुम्हें अपने धन पर बड़ा घमंड था कि तुम कुछ भी दे सकते हो। तुमसे मैंने तीन पग भूमि माँगी थी, परंतु अभी तो मैंने दो पग ही उठाए हैं और त्रैलोक्य को नाप लिया है। तुमने मुझे वचन दिया था, अब बताओ, मैं तीसरा पग कहाँ रखूँ? जो याचक को वचन देकर उसे पूरा नहीं करता, उसके सारे मनोरथ व्यर्थ हो जाते हैं, उसे नरक मिलता है।"

उनकी बात सुनकर राजा बलि बड़े शर्मिंदा हुए और कहने लगे, "ब्राह्मण कुमार! अपना तीसरा पग मेरे सिर पर रख लीजिए।"

भगवान् राजा बलि का भक्ति-भाव देखकर गद्‌गद हो उठे। उन्होंने अपना तीसरा पग उसके सिर पर रख दिया और बलि से बोले, "राजन्! आज से तुम सुतललोक के राजा होगे, तुम्हारी सुख-संपत्ति देवताओं से भी बढ़कर होगी।"

तभी से सुतललोक पर दैत्यों का राज्य है। उनके पास

धन, बल से संपन्न हैं। जो भी भगवान् में इस प्रकार अपनी आस्था प्रकट करता है, भगवान् उसे निश्चित रूप से सुख-समृद्धि प्रदान करते हैं।"

गुसाईंजी के अनुसार राजा बलि की कथा

गुसाईं हिंदुओं के देवता हैं। इनका एक प्रसिद्ध मंदिर नागौर जिले के जुंजाला गाँव में स्थित है। यद्यपि गुसाईंजी हिंदुओं के देवता हैं, परंतु मुसलमान भी इनको मानते हैं।

गुसाईंजी मंदिर, नागौर जिला, जुंजाला गाँव के अनुसार राजा बलि की कथा इस प्रकार प्रचलित है–

एक समय राजा बलि इस धरती पर राज करता था। राजा बलि ने अश्वमेध यज्ञ और अग्नि होम किए। उसने इस तरह 99 यज्ञ संपन्न कर लिये। राजा बलि का यश चारों ओर फैलने लगा और वह इंद्रलोक का राजा बनने की सोचने लगा। राजा बलि ने 100वें यज्ञ का आयोजन रखा और इसके लिए निमंत्रण भेजे। सारी नगरी को इस अवसर के अनुरूप सजाया गया, सारी नगरी को न्योता दिया गया।

भगवान् ने सोचा कि राजा बलि घमंड में आकर कहीं इंद्र का राज न ले लें, अतः भगवान् ने वामन अवतार का रूप धारण किया। अपना शरीर 52 अंगुल के बराबर लंबा किया और राजा बलि की नगरी के समीप धूनी जमा ली।

राजा बलि ने यज्ञ शुरू किया और मंत्रियों को हुक्म

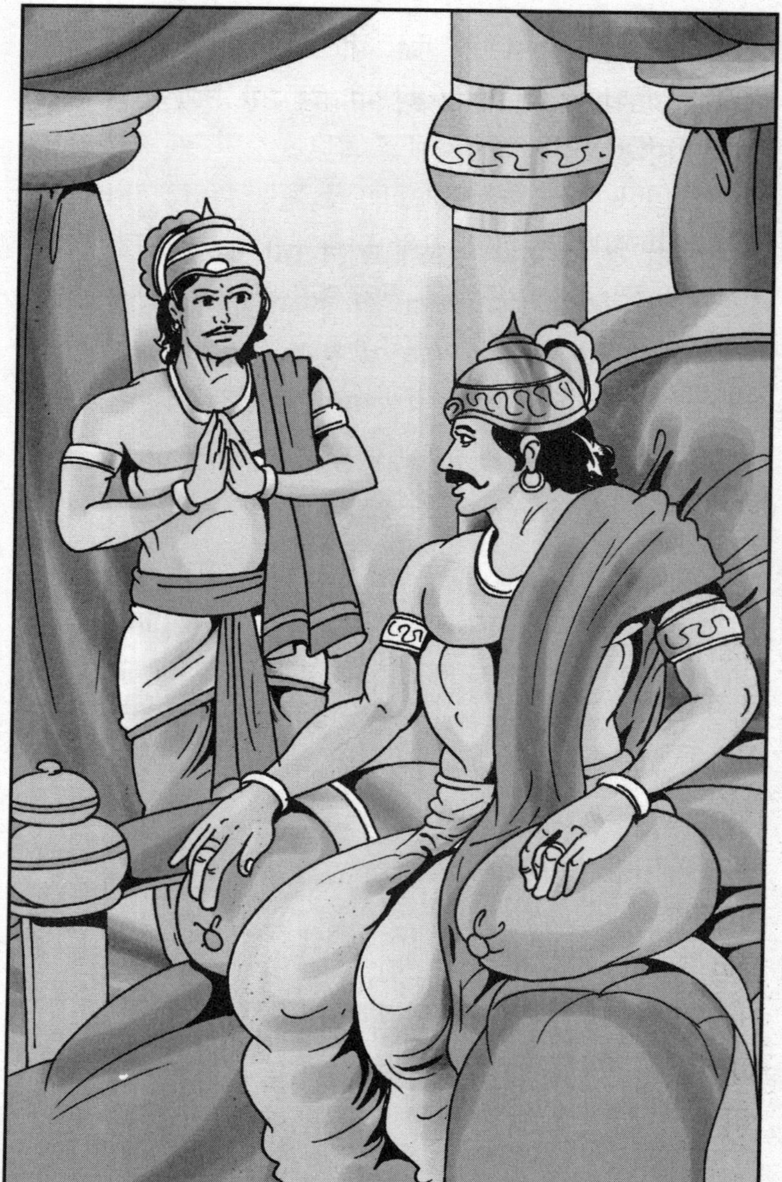

दिया कि नगरी के आस-पास कोई भी मनुष्य यहाँ आए बिना न रहे। मंत्रियों ने छानबीन की तो पता चला कि भगवान्-रूप वामन अपनी जगह बैठा है। मंत्रियों के कहने पर वह नहीं आए, तब राजा बलि ने खुद जाकर भगवान् से निवेदन किया। भगवान् ने राजा से कहा कि मैं आपके नगर में तब प्रवेश करूँगा जब मेरे पास कम-से-कम तीन पावंडा (कदम) जमीन मेरे घर की हो। इस पर राजा बलि को हँसी आ गई और कहा कि शर्त मंजूर है।

राजा बलि का वचन पाकर भगवान् ने अपनी देह को इतना लंबा किया कि पूरी पृथ्वी को दो पावंडा (कदम) में ही नाप लिया और पूछा कि तीसरा कदम कहाँ रखूँ। इस पर राजा बलि घबरा गए और थर-थर काँपने लगे। राजा बलि ने कहा कि यह तीसरा कदम मेरे सिर पर रखें। इस पर भगवान् ने तीसरा पैर राजा बलि के सिर पर रखकर उसको पाताल भेज दिया।

कहते हैं कि भगवान् ने वामन अवतार धारण कर पृथ्वी को नापा तो पहला कदम मक्का-मदीना में रखा था, जो मुसलमानों की पवित्र तीर्थ-भूमि है। वहाँ वे पूरी श्रद्धा से जाते हैं और हज करते हैं। भगवान् ने दूसरा कदम कुरुक्षेत्र में रखा था, जहाँ अब नहाने का पवित्र सरोवर है। भगवान् ने तीसरा पैर ग्राम जुंजाला के राम सरोवर के पास रखा, जहाँ आज मंदिर है। तीर्थ राम सरोवर में हिंदू और मुसलमान दोनों

धर्मों के लोग आते हैं। हिंदू इसे गुसाईंजी महाराज कहते हैं तो मुसलमान इसे बाबा कदम रसूल बोलते हैं।

यह मंदिर ऐतिहासिक दृष्टि से बहुत पुराना है। यहाँ पर हर साल एक तो नवरात्रि के पहले दिन चैत्र सुदी 1 व 2 को तथा दूसरा आसोज सुदी 1 व 2 को मेला लगता है। यहाँ पर राजस्थान, पंजाब, हरियाणा, गुजरात, मध्य प्रदेश, उत्तर प्रदेश आदि राज्यों से यात्री आते हैं।

बाबा रामदेवजी के परिवार वाले भी यहाँ अपनी जात का जडूला चढ़ाने जुंजाला आया करते थे। यहाँ मंदिर में एक पुराना जाल का पेड़ है, जिसके नीचे बाबा रामदेवजी जडूला उतरा हुआ है। इसलिए जो लोग रामदेवरा जाते हैं, वह सब यात्री जुंजाला आते हैं। यहाँ आने पर ही उनकी यात्रा पूरी मानी जाती है। यहाँ भादवा और माघ के महीने में मेला लगता है।

❑

7

अश्वत्थामा

अश्वत्थामा कृपाचार्य की बहन कृपि से उत्पन्न द्रोणाचार्य का इकलौता पुत्र था। वह जन्म से भाग्यशाली और अमरत्व प्राप्त था। धर्मग्रंथों में सात चिरंजीवियों में अश्वत्थामा का नाम भी आता है। परंतु यह सातवाँ चिरंजीवी श्रीकृष्ण के श्राप से प्रलय तक कष्टमय जीवन जीने के लिए इधर-उधर भटकने के लिए विवश है।

अश्वत्थामा के पूर्वज गौतम ऋषि थे। गौतम ऋषि की गणना महान् ऋषियों में होती है। गौतम के पुत्र शरद्धान हुए। शरद्धान की जन्म-कथा में कहा जाता है कि इनका जन्म बाणों के साथ हुआ था। उन्होंने पिता गौतम से वेद-ज्ञान प्राप्त करने के बजाय धनुर्विद्या से ही लगाव रखा। गौतम ऋषि ने बहुत प्रयास किया कि उन्हें शास्त्र-ज्ञान दिया जाए, पर पुत्र की शास्त्र के बजाय शस्त्र की ओर ही रुचि देखकर उन्होंने उसे उसके भाग्य के सहारे छोड़ दिया।

शरद्धान धनुर्विद्या में इतने निपुण हो गए कि देवराज इंद्र उनसे भयभीत हो उठे। उन्होंने सोचा कि कहीं किसी दिन अपने शस्त्र-बल पर शरद्धान उनका सिंहासन न छीन लें। ऐसा विचार कर उन्होंने शरद्धान को शस्त्र साधना से डिगाने हेतु नामपदी नामक एक देवकन्या को उनके पास भेज दिया।

देवकन्या के सौंदर्य के प्रभाव से शरद्धान इतने कामपीड़ित हुए कि आखिर उनका वीर्य स्खलित होकर एक सरकंडे पर गिरा। तेजस्वी वीर्य गिरते ही सरकंडा दो भागों विभक्त हो गया। एक भाग से कृप नामक बालक उत्पन्न हुआ और दूसरे भाग से कृपी नामक कन्या। शरद्धान अपने कामपीड़ित होने से इतने क्षुब्ध हुए कि उसी समय उन्होंने धनुष-बाण त्याग दिए। वे अपने पिता के समान तपस्या करने का मन में विचार कर पहाड़ों की ओर चल दिए।

उनके औरस से उत्पन्न पुत्र कृप में पिता के शस्त्र-विद्या के सारे गुण जन्मजात आ गए थे। कालांतर में ये हस्तिनापुर के राजकुमारों को शस्त्र-विद्या सिखाने वाले आचार्य बनकर कृप से कृपाचार्य कहलाए। यही कृपाचार्य अश्वत्थामा के मामा थे।

विवाह आयु में पहुँचने पर कृपी का विवाह द्रोणाचार्य से हुआ था। द्रोणाचार्य भी हस्तिनापुर के राजकुमारों के आचार्य बने। महाभारत की कथा में द्रोणाचार्य का अत्यंत महत्त्वपूर्ण स्थान है। भीष्म पितामह के बाद कौरवों की सेना

के संचालन का भार द्रोणाचार्य ने ही सँभाला था। शस्त्र-विद्या के इस महान् आचार्य के पुत्र अश्वत्थामा की कथा जानने के लिए द्रोणाचार्य के विषय में जान लेना आवश्यक है।

अश्वत्थामा का आक्रोश

महाभारत युद्ध अपनी चरम अवस्था में था। द्रोणाचार्य चूँकि राजाश्रय प्राप्त थे अतः उनका धर्म था कि वे कौरवों की ओर से युद्ध करें। उन्हें विवशता में अपने शिष्यों (पांडवों) के विरुद्ध मैदान में शस्त्र उठाने पड़ रहे थे, पर यही नीति थी।

द्रोणाचार्य का वध

वीर घटोत्कच की मृत्यु के पश्चात् पांडवों में शोक तो पैदा हुआ, परंतु उसके साथ ही बदले की आग भी भड़क उठी थी। वे क्रोध से भरे हुए युद्ध-क्षेत्र में आए।

अर्जुन ने निर्णय लिया कि वह अब घटोत्कच की मृत्यु का बदला लेकर रहेगा। द्रोण ने उसी दिन आते ही सबसे पहले राजा द्रुपद की हत्या कर दी, जो पांडवों के लिए एक और आघात था। द्रुपद के पश्चात् राजा विराट भी मारा गया।

एक-एक करके सब वीरों को मरते देखकर दुःखी धृष्टद्युम्न ने सभी महारथियों के सामने यह शपथ ली कि

यदि मैं आज द्रोणाचार्य को जान से न मार डालूँ तो मेरा पुण्य नष्ट हो जाए।

यह प्रतिज्ञा कर धृष्टद्युम्न प्रचंड रूप से द्रोण से संघर्ष करने लगा।

ऐसा भयंकर युद्ध महाभारत में पहली बार देखने को मिल रहा था।

चारों ओर लाशों के ढेर लगे पड़े थे। कहीं से भी रथ गुजरने की जगह बाकी नहीं थी।

द्रोण को मारना इतना सरल नहीं था। उनका प्रचंड रूप देखकर तो ऐसा लगता था कि मौत का तूफान आ गया हो।

पांडव सेना को तो गाजर-मूली की तरह काट-काटकर फेंकते जा रहे थे।

उनके क्रोध ने युद्ध का सारा नक्शा बदल दिया था। श्रीकृष्ण इस प्रलंयकारी विनाश को देखकर अर्जुन से कहने लगे, "भाई, द्रोण को इस संसार में कोई नहीं मार सकता। जिस ढंग से ये युद्ध कर रहे हैं, उससे तो साफ पता चलता है कि आज युद्ध का अंतिम दिन है और हमारी हार का पहला और आखिरी दिन।"

"फिर इसका क्या उपाय है भगवन्?" अर्जुन ने आश्चर्य से पूछा।

"हाँ अर्जुन, हम एक और राजनीतिक चाल चलेंगे।"

“कैसी चाल?”

“देखो अर्जुन! यदि द्रोण को यह खबर मिल जाए कि अश्वत्थामा मारा गया है, तो उसी समय उनके प्राण निकल जाएँगे।”

“मगर अश्वत्थामा को मारना तो गुरु द्रोण से भी कठिन है।”

“हाँ, मैं जानता हूँ अर्जुन, किंतु हमारी सेना में एक हाथी भी है, जिसका नाम अश्वत्थामा है। बस उसी को मारकर हम धर्मपुत्र युधिष्ठिर से कह देंगे कि यदि वे जाकर द्रोणजी के सामने यह बोलें कि अश्वत्थामा मर गया, बस फिर द्रोण को मारना कठिन नहीं।”

“मगर धर्मपुत्र ऐसा झूठ बोलेंगे? उन्होंने अपने जीवन में कभी झूठ नहीं बोला, सत्यवादी भाई हैं वे।”

“अपनी विजय और शत्रु को हराने के लिए यदि झूठ बोलना पड़ता है तो यह पाप नहीं माना जाता है। तुम मेरे साथ चलो, भीम से कहो कि पहले अश्वत्थामा हाथी को मार डाले। बस आगे का काम मेरा है।”

अश्वत्थामा हाथी की मृत्यु की खबर तो चारों ओर फैल गई थी। बस हर आदमी की जुबान पर यही शब्द थे, “अश्वत्थामा मर गया। अश्वत्थामा मर गया।”

यह तो सब कृष्ण की चाल थी, राजनीति थी। कृष्ण जिस समय धर्मराज युधिष्ठिर को कह रहे थे कि आप एक

बार यह बात द्रोण के सामने कह दें, अश्वत्थामा मारा गया, बस फिर युद्ध का परिणाम हमारे पक्ष में होगा।

"श्रीकृष्ण! मैं उस विजय का मुँह नहीं देखना चाहता हूँ, जिसकी नींव छल, कपट और झूठ पर रखी गई हो।" युधिष्ठिर बिगड़ गए।

"धर्मराज! यह झूठ नहीं राजनीति है। आप देख रहे हैं कि पांडव सेना कैसे मारी जा रही है, राजा द्रुपद मारे गए, विराट मारे गए, अब द्रोण के हाथों भीम, नकुल, सहदेव, अर्जुन भी मारे जाएँगे।"

"यह आप क्या कह रहे हैं, कृष्ण?"

"वही जो सत्य है। पांडव कुल का विनाश सामने देखकर भी आप शांत बैठे हैं। फिर मैं आपको झूठ बोलने के लिए नहीं कह रहा, बस आपको तो केवल इतना ही कहना है कि अश्वत्थामा मर गया–हाथी। यदि आप हाथी को पहले न कहकर बाद में कह देंगे तो कोई हर्ज नहीं। इससे आपके कुल का नाश होने से बच जाएगा।"

"ठीक है! मैं यही शब्द कहूँगा कि अश्वत्थामा मर गया–हाथी।"

"बस-बस धर्मराज, आपका इतना कहना ही हमारी विजय होगी।"

दूसरे दिन ही जब द्रोणाचार्य के कानों में यह खबर पहुँची कि अश्वत्थामा मर गया है तो उन्हें विश्वास नहीं

हुआ। वे उसी समय कृष्ण और अर्जुन की ओर देखने लगे।

धृष्टद्युम्न भी उनके ठीक सामने खड़ा था।

यही उनकी मृत्यु थी। देवताओं का वरदान भी तो यही था।

"गुरुदेव! अश्वत्थामा मर चुका है। मैं जानता हूँ कि आप हम पर विश्वास नहीं करेंगे। इसलिए सत्यवादी धर्मपुत्र युधिष्ठिर से पूछ लो। उनकी बात पर तो आपको विश्वास है।"

"हाँ, यदि धर्मपुत्र कह दें कि अश्वत्थामा मर गया है तो मैं इस संसार को ही त्याग दूँगा। बोलो धर्मराज, क्या यह सत्य है?"

इससे पहले कि युधिष्ठिर के मुँह से हाथी निकलता, पांडवों ने इतना शोर मचाया कि हाथी का नाम द्रोण के कानों तक पहुँचने ही नहीं दिया।

"हे राम! हरिओम…!"

तीन बार आचार्य द्रोण के मुँह से हरिओम का शब्द निकला, उनकी साँस वहीं रुक गई।

अश्वत्थामा की वीरता

महाभारत के युद्ध में अश्वत्थामा ने सक्रिय रूप से भाग लेते हुए भीम-पुत्र घटोत्कच को परास्त किया तथा

घटोत्कच-पुत्र अंजनपर्वा का वध किया। उसके अतिरिक्त द्रुपद-कुमार, शत्रुंजय, बलानीक, जयानीक, जयाश्व तथा राजा श्रुताहु को भी मार डाला था। उन्होंने कुंतीभोज के दस पुत्रों का वध किया। महाभारत युद्ध में धोखे में किए गए द्रोणाचार्य के वध के विषय में जानकर अश्वत्थामा का खून खौल उठा। पूर्वकाल में द्रोण ने नारायण को प्रसन्न करके नारायणास्त्र की प्राप्ति की थी। फिर अपने बेटे अश्वत्थामा को नारायणास्त्र प्रदान करके उन्होंने किसी पर सहसा उसका आघात करने को मना किया था।

अश्वत्थामा ने धृष्टद्युम्न को उसी अस्त्र से मारने का निश्चय किया। धृष्टद्युम्न पर जब उन्होंने नारायणास्त्र का प्रयोग किया तब श्रीकृष्ण ने अपनी ओर के सब सैनिकों को रथ से उतरकर हथियार डालने के लिए कहा, क्योंकि यही एकमात्र उसके निराकरण का उपाय था।

भीम ने कृष्ण की बात नहीं मानी तो सबको छोड़कर नारायणास्त्र उसी के मस्तक पर प्रहार करने लगा।

श्रीकृष्ण ने उसे बलात् रथ से उतारकर नारायणास्त्र के प्रभाव को शांत किया। अश्वत्थामा ने आग्नेयास्त्र का प्रयोग किया किंतु श्रीकृष्ण तथा अर्जुन पर उसका प्रभाव नहीं हुआ। शेष समस्त सेना व्याकुल और घायल हो गई।

अश्वत्थामा बड़े असमंजस में पड़ गया, तभी व्यास ने प्रकट होकर उन्हें बताया कि श्रीकृष्ण साक्षात् विष्णु हैं,

जिन्होंने आराधना से शिव को प्रसन्न कर रखा है। उन्हीं के तप से महामुनि नर (अर्जुन) प्रकट हुए हैं। अतः अर्जुन और कृष्ण साक्षात् नर-नारायण हैं। अश्वत्थामा ने मन-ही-मन शिव, नर और नारायण को नमस्कार किया और सेना सहित शिविर की ओर प्रस्थान किया। कर्ण के सेनापतित्व में युद्ध करते अश्वत्थामा ने प्रतिज्ञा की थी कि जब तक धृष्टद्युम्न को नहीं मार डालेंगे, अपना कवच नहीं उतारेंगे।

धृष्टद्युम्न के हाथों उसके पिता द्रोणाचार्य का वध हुआ था।

बलरामजी को दुर्योधन के अधर्मपूर्वक किए गए वध के विषय में पता चला तो वे क्रोध से अंधे हो गए। अधर्म युद्ध किस प्रकार था, इस विषय पर दुर्योधन का गदायुद्ध का दृश्य देखना प्रासंगिक है–

भीमसेन और दुर्योधन का गदायुद्ध देखने के लिए बड़े-बड़े लोग आ गए थे, विशेष रूप से बलरामजी, जो तीर्थयात्रा पर गए हुए थे, जैसे ही वापस आए तो उन्होंने महाभारत के युद्ध की सारी कहानी सुनी तो अंत का युद्ध देखने के लिए वे स्वयं सभा में आए।

गदायुद्ध आंरभ हो गया था।

दोनों ही भाई एक-दूसरे पर गदा के जोरदार प्रहार कर रहे थे।

वास्तव में दोनों में ही इतनी शक्ति थी कि उनमें से यह

निर्णय करना कठिन था कि कौन छोटा है कौन बड़ा, कौन शक्तिमान है और कौन कमजोर! उनके शरीर जख्मी हो गए थे। दोनों के शरीरों से खून निकल रहा था।

भीम को अपनी प्रतिज्ञा बार-बार याद आ रही थी।

उसे दुर्योधन की जाँघ तोड़कर द्रौपदी के अपमान का बदला चुकाना था।

श्रीकृष्ण दोनों का खूनी युद्ध देखकर सोच रहे थे कि दुर्योधन बहुत बुद्धिमान है, सीधे युद्ध में भीम उसे कभी नहीं हरा सकता।

भीम बलवान है तो दुर्योधन बुद्धिमान। उन्होंने अर्जुन के कान में कहा, "देखो, यह भीम दुर्योधन को कभी नहीं मार पाएगा, क्योंकि दुर्योधन राक्षस है। देवताओं को राक्षसों को मारने के लिए छल ही करना पड़ता है। बिना छल के दुर्योधन को नहीं मार पाएगा।"

भीम की ओर देखते हुए श्रीकृष्ण ने उसे इशारा किया कि इसकी जाँघ पर वार करो, इसका शेष सारा शरीर पत्थर का है, अन्यथा यह कभी भी मरेगा नहीं। यहीं पर इसकी मृत्यु लिखी है। यदि तुम इसके शरीर के इस भाग पर आक्रमण नहीं करोगे तो इसे जीवन भर पराजित नहीं कर सकोगे।

भीम श्रीकृष्ण का इशारा समझ गया था। उसे अपनी प्रतिज्ञा भी याद आ गई।

बस उसने कमाल की चालाकी से अपनी गदा उसकी दोनों जाँघों के बीच दे मारी।

जिससे उसकी दोनों जाँघें टूट गईं और वह उसी समय धरती पर ढेर हो गया।

दुर्योधन के धरती पर गिरते ही पांडवों ने शंख बजाए, आकाश से देवताओं ने फूल-वर्षा की।

भीम ने तड़पते दुर्योधन के पास जाकर कहा, "क्यों दुष्ट! याद कर वह दिन जब भरी सभा में द्रौपदी को अपनी इसी जाँघ पर बैठाया था। मैंने प्रतिज्ञा की थी कि मैं एक दिन इसी जाँघ को तोड़ दूँगा। आज मेरी प्रतिज्ञा पूरी हो गई। मैंने पापी का अंत कर दिया।" भीम ने दुर्योधन के सिर पर पाँव से जोरदार ठोकर मारी।

पाँव से दुर्योधन के सिर पर ठोकर मारते देखकर बलरामजी को बहुत क्रोध आ गया। तभी श्रीकृष्ण ने उन्हें समझाया कि दुर्योधन पापी है। पापी को उसके अपराध की सजा देना उचित है।

श्रीकृष्ण की बात सुनकर बलरामजी का क्रोध ठंडा हो गया।

अश्वथामा और अर्जुन का युद्ध

अश्वत्थामा ने जब द्रौपदी के सोते हुए पुत्रों को रात के समय पांडवों के शिविर में धोखे से घुसकर मार डाला,

तब रोती हुई द्रौपदी ने अर्जुन से कहा कि वह अश्वत्थामा का सिर काटकर उसे अर्पित करे। तुरंत अर्जुन श्रीकृष्ण को सारथी बनाकर अश्वत्थामा से युद्ध करने गए।

अश्वत्थामा ने युद्ध में अर्जुन पर ब्रह्मास्त्र छोड़ा। कृष्ण के सुझाव पर अर्जुन ने ब्रह्मास्त्र से ही अश्वत्थामा के ब्रह्मास्त्र को काटा। चूँकि अश्वत्थामा ने अपने पिता की धोखे से की गई हत्या के क्रोध में अंधे होकर अनीति करते हुए रात के अँधेरे में पांडवों के शिविर में जाकर, पांडव कुल का विनाश करने का कार्य किया था, स्त्रियों की कोख का नाश किया था, अतः इस अधर्म कार्य के कारण देवताओं ने उसकी स्मरणशक्ति क्षीण कर दी थी। शक्ति क्षीण होने के कारण अर्जुन द्वारा उसका ब्रह्मास्त्र नष्ट करते ही वह लाचार नजर आया था।

तब अर्जुन उसे रस्सी से बाँधकर विलाप करती द्रौपदी के पास ले आया था।

एक अन्य कथा के अनुसार, अश्वत्थामा अंतिम युद्ध में भीम द्वारा गदायुद्ध में परास्त किया गया था। तब उसके मस्तक की मणि निकालकर द्रौपदी को देकर शांत किया गया था।

अर्जुन से युद्ध में पराजय की कथा के अनुसार भी अश्वत्थामा की मस्तक मणि निकालकर द्रौपदी को दी गई थी, जिससे द्रौपदी का विलाप शांत हुआ था द्रौपदी ने अश्वत्थामा की मस्तक-मणि युधिष्ठिर को दे दी थी। उसने

पांडवों के गुरुपुत्र होने के कारण अश्वत्थामा को क्षमा कर दिया था।

यह भी कहा जाता है कि द्रौपदी के न्याय तथा धर्मयुक्त वचनों को सुनकर सभी ने प्रशंसा की थी। किंतु भीम का क्रोध शांत नहीं हुआ। इस पर श्रीकृष्ण ने कहा, "हे अर्जुन! शास्त्रों के अनुसार पतित ब्राह्मण का वध भी पाप है और आततायी को दंड न देना भी पाप है। अतः तुम वही करो जो उचित है।"

उनकी बात को समझकर अर्जुन ने अपनी तलवार से अश्वत्थामा के सिर के केश काट डाले और उसके मस्तक की मणि निकाल ली। मणि निकल जाने से वह श्रीहीन हो गया। श्रीहीन तो उसी क्षण हो गया था, जब उसने बालकों की निर्मम हत्या की थी, किंतु केश मुँड़ जाने और मणि निकल जाने से वह और भी श्रीहीन हो गया तथा उसका सिर झुक गया। अर्जुन ने उसे अपमानित अवस्था में शिविर से बाहर निकाल दिया।

श्रीकृष्ण ने उसे नीच कहते हुए हजारों वर्षों तक निर्जनों में भटकने का श्राप दिया था।

कालांतर में अश्वत्थामा के सामने श्रीकृष्ण का सत्य उसी के रूप में सामने आया, जिस रूप में अश्वत्थामा के लिए उन्होंने श्राप दिया था।

अश्वत्थामा को चिरंजीवियों के रूप में स्थान प्राप्त है, परंतु पाप ढोने वाले चिरंजीवी के रूप में!

क्या अश्वत्थामा जीवित है?

बहुत से लोग प्रश्न उठाते हैं कि क्या अश्वत्थामा जीवित है? तो इसका उत्तर है असीरगढ़ का किला। कहते हैं कि यहाँ स्थित शिव मंदिर में महाभारत काल का अश्वत्थामा आज भी पूजा करने आता है।

असीरगढ़ का किला बुरहानपुर शहर से 20 किलोमीटर दूर स्थित है। यह किला आज भी पाषाण–युग में जीता नजर आता है। बिजली के युग में यहाँ की रातें अंधकार में डूबी नजर आती हैं। शाम छह बजे से किले का अंधकार 'भुतहा' रूप ले लेता है।

असीरगढ़ किले में दिन के समय जाने पर अनेक लोग अश्वत्थामा के भटकते हुए देखे जाने की पुष्टि करते हैं। किले से नीचे उतरने पर एक तालाब है। तालाब में मछलियाँ हैं। अनेक लोग इस बात की गवाही देते हैं कि तालाब में मछलियाँ पकड़ने जाने वाले लोगों को कोई शक्ति पीछे से धक्का देकर गिरा देती है। उसे तालाब पर किसी का आना पसंद नहीं। धक्का देने वाले को लोग अश्वत्थामा ही बताते हैं।

लोगों का यह भी कहना है कि जिन लोगों ने अश्वत्थामा को भटकते देखा, उन लोगों का मानसिक संतुलन बिगड़ गया। उस जर्जर, प्राचीन काल का द्वार खुला रहता है। अंदर लंबी–लंबी जंगली घासें हैं।

वहाँ पुरानी कब्रें अंग्रेजों की बताई जाती हैं। तालाब पहाड़ियों से घिरा हुआ है। बारिश के पानी से तालाब भरा रहता है। सफाई न होने से तालाब हरा नजर आता है। बुरहानपुर की तपती गरमी में भी तालाब कभी सूखता नहीं।

यहाँ मंदिर के शिवलिंग पर गुलाब के ताजा फूल, नारियल और पूजा सामग्री रखी नजर आती है, जिसके बारे में लोगों का कहना है कि अश्वत्थामा द्वारा ही शिवलिंग की पूजा-आराधना की जाती है और वहाँ कोई आने की हिम्मत नहीं करता।

किले के नीचे रहस्यमय खाइयाँ हैं। किले से गुजरती अनेक सुरंगें हैं। वहाँ का रहस्यमय और भयावह वातावरण दिन के समय भी नजर आता है। दिन छुपने के बाद तो कोई वहाँ जाने की हिम्मत नहीं करता।

ऐतिहासिक दृष्टि से बुरहानपुर का इतिहास महाभारत काल से जुड़ा हुआ है। किले का यह स्वरूप 1380 ई. में फारुख वंश के बादशाहों का दिया हुआ है।

अश्वत्थामा के जीवित होने, भटकने और शिव मंदिर में पूजा करने की अनेक कथाएँ किंवदंतियों के रूप में, बुरहानपुर के असीरगढ़ के किले, तालाब और आस-पास सुनने को मिल जाती हैं। श्रीकृष्ण के श्राप पर विश्वास करने वालों के लिए अश्वत्थामा वहाँ जीवित आज भी भटकता है। न मानने वालों के लिए ये बातें किंवदंतियाँ भर हैं।"

❑❑❑